JN283674
——わたしの部屋に来ますか?」
鋼殻のレギオス
CHROME SHELLED REGIOS
15 ネクスト・ブルーム

「貴様に止めさせはしない！」
――正しさなんて知らない

「おれたちの私情に、
後輩を巻き込むな」

「そんなあなたを見たくて、
ツェルニに来たわけではないですよ」

鋼殻のレギオス15
ネクスト・ブルーム

雨木シュウスケ

ファンタジア文庫
1652

口絵・本文イラスト　深遊

目次

プロローグ――刻《とき》を待つ人―― 5
01 動く人、動かない人 9
02 燃える人 62
03 送る人 96
04 惑《まど》う人 154
05 不穏《ふおん》な人々 222
エピローグ――そして向かう人―― 272
あとがき 280

登場人物紹介

●レイフォン・アルセイフ　16　♂
主人公。第十七小隊のルーキー。グレンダンの元天剣授受者。戦い以外優柔不断。
●ニーナ・アントーク　19　♀
第十七小隊の小隊長。強くありたいと望み、自分にも他人にも厳しく接する。
●フェリ・ロス　17　♀
第十七小隊の念威繰者。生徒会長カリアンの妹。自身の才能を毛嫌いしている。
●シャーニッド・エリプトン　20　♂
第十七小隊の隊員。飄々とした軽い性格ながら自分の仕事はきっちりとこなす。
●クラリーベル・ロンスマイア　15　♀
ティグリスの孫で三王家の一人。レイフォンを倒すことに闘志を燃やす。
●カリアン・ロス　21　♂
学園都市ツェルニの生徒会長。レイフォンを武芸科に転科させた張本人。
●アルシェイラ・アルモニス　??　♀
グレンダンの女王。その力は天剣授受者を凌駕する。
●リーリン・マーフェス　16　♀
レイフォンの幼なじみ。グレンダン王家の血を引き右目に「茨輪の十字」を宿す。

プロローグ――刻《とき》を待つ人――

騒《さわ》がしい季節がやってきた。

胸がざわめく季節だ。

人を落ち着かなくさせる季節であり、急激な流れが発生する時期でもある。

その空気を、カリアンは生徒会長執務室《しつむ》で感じていた。

窓の向こうではいまだに復興作業が続けられている。

だが、それももうすぐ終わるだろう。一時期は高所作業用のクレーンが足りなかったぐらいだが、いまはそういうものはほとんど見られなくなっている。

破壊《はかい》と再生。残ったものと新しくなったもの。ここから見えるツェルニの光景は、そういったものが斑《まだら》に混ざり合い、カリアンの知っている風景とはもはや異なっている。

「想《おも》い出が変わってしまうというのは寂《さび》しいものだね」

「それを言うのはまだ早い気がするがな」

背後で報告書を読み上げていたヴァンゼが苦い顔をしたのが、ガラス越《ご》しに見えた。

「しかし、我々が再びこの地を踏《ふ》む可能性を考えれば、眼前にあるものはすでに想い出と言ってもいいのではないかな？」

「ふん」

ヴァンゼが鼻を鳴らす。

「そんなことよりも復興計画の事後処理がそうとうたまっているようだが？」

「ああ、わざとだよ」

「迷惑《めいわく》な」

「忙《いそが》しさで忘れさせてやるぐらいしか、私にはできないからね」

「噛《か》みしめさせてやる方が優しさではないか。気がついたときにはいないなどと……」

言いかけてヴァンゼが口を止めた。ガラス越しの彼がカリアンを見ている。

「ああ……」

呟《つぶや》いた。なにを納得したのか、カリアンは聞かないことにした。

「お前も、つくづく面倒《めんどう》な奴《やつ》だな」

「放っておいてくれたまえ」

変化がやってくる。学園都市に宿命が存在するというならば、まさしくこれがそうだろう。この宿命を回避《かいひ》することができるとすれば、学園都市が学園都市でなくならなければならない。しかしそれは、同時に、この都市をこうするべきと定めた電子精霊《せいれい》の死を意味するのではないだろうか。

痛みなしの変化など存在しない。

ならばこれは必要な感傷に違《ちが》いない。

窓から眺《なが》める想い出の光景が失われ、変化していくように、この窓からツェルニを見下ろす人間も変化する。

振《ふ》り返《かえ》り、長く共にいた学友を見る。

彼の、このしかめ面を見るのも、あと少しだ。

その少しの後に待つもののことを考える。

あの日、機関部中枢《ちゅうすう》で、電子精霊ツェルニに見せられたもののことを考える。

出会った者のことを考える。

あの日に誓《ちか》ったことを考える。

(世界が私たちを追いつめようというのなら……)

覚悟《かくご》を改めて確認する必要などない。なにをすべきかはもうわかっている。だが、考えずにはいられない。ツェルニでの自分は目的を達することができた。

だが、次の目的は、はたして叶《かな》えることができるのか。

（いや、この問題はもはや、彼らだけのものではない）

不安を殺す。ガラスに薄《うす》く映るカリアンは、いつもの表情を保っている。大丈夫《だいじょうぶ》だ。まだ、私は潰《つぶ》されてはいない。敵は強大。その未来こそが私の敵なのだ。

そこに向かうために、私はいまできることにも手を抜《ぬ》かない。新たな道を進むために、いま進む道を疎《おろそ》かにするわけにはいかない。

「さあ、最後の締《し》めといこうか」

カリアンの宣言。あるいは戯《ざ》れ言《ごと》。それを受け止めたヴァンゼはいつもとは違う苦みを知った顔をする。

それを見て、カリアンはまた思う。

時は流れていく。

01 動く人、動かない人

思い出す感覚がだんだんと長くなることをレイフォンは自覚していた。見たことのない眼帯をして、半壊《はんかい》した王宮。瓦礫《がれき》の山の上で再会した幼なじみの姿。見たことのない表情をしてレイフォンに向かい合う彼女の姿を、だんだんと思い出さなくなっていく。夢に見て跳《は》ね起《お》きることもなければ、不意に思い出して呆然《ぼうぜん》とすることもなくなっていく。

時はそれほど経《た》ったか？　時の流れは全《すべ》てを摩耗《まもう》していくのか？　わからない。わからないまま時間は流れていく。陽《ひ》が現われ、陽が沈《しず》む。その繰《く》り返しが、時が流れていることをレイフォンに教えている。

「なにしてんだよ？」

頭の中をまっ白にして太陽を眺めていたレイフォンに、息の荒《あ》れた声がかかってきた。

振り返ると、そこに作業着姿の級友がいる。太めの体を疲労《ひろう》から上下に揺《ゆ》らし、全身からは汗《あせ》が蒸気のように湧《わ》きだしていた。

「あ、ごめん」

レイフォンは慌《あわ》てて牧畜《ぼくちく》用のフォークを干し草に差し込むと荷車に次々と載《の》せていった。

「あーもう、引《ひ》っ越《こ》し資金を稼《かせ》ぐためとは言え、なんでこんなバイト選んじまったんだか」

瞬《また》く間《ま》に荷車が干し草でいっぱいになる光景に、級友は暗澹《あんたん》たる表情となって取っ手を摑《つか》む。

「替《か》わろうか？」

「いや、そっちの方が絶対しんどい」

言い切ると、級友はハフハフと鼻息を鳴らしながら荷車を引いていく。レイフォンはその背を見送って、別の荷車に干し草を載せていった。

牧場にレイフォンはいた。臨時のバイトだ。急遽《きゅうきょ》お金がいることになり、レイフォンは級友とともに求人情報を漁《あさ》ってこのバイトを見つけたのだった。

干し草を必要分移動させると、休憩《きゅうけい》になった。牧場で用意してくれた料理を胃袋一杯《いぶくろいっぱい》に収めた級友は、腹を突《つ》き出《だ》すようにしてベンチに座っている。

「ああ、辛《つら》いけど、飯がうまいのがたまらねぇ」

級友の呟きに、レイフォンは力なく笑《え》みを浮《う》かべる。

「そういえば、レイフォンは引っ越し先、もう見つけたのか？」

「まだだけど……」

「早いとこ見つけといた方がいいぜ。いや、おれも見つけられたのは偶然《ぐうぜん》なんだけどな」

「でも、エドは第一寮《りょう》じゃなかったと思うけど？」

「条件がいいんだよ。校舎に近くなるし。もうすぐ卒業する先輩《せんぱい》だからさ、もう少し遅《おそ》かったらおれなんか相手にされないぐらい予約が殺到《さっとう》してたはずだぜ」

「へぇ……」

「……問題なのは、間に立ってくれた人なんだけどな。ああ、なんかありそうだよなー、家賃もなんか信じられないぐらい安かったし」

不安を声にして放っても、それは反響《はんきょう》することなく広い空と眼前の牧場に吸い取られていく。

一つの年が過ぎようとしていた。学園都市の新陳代謝《しんちんたいしゃ》がもっとも激しくなるこの時期は、卒業間近い六年生ばかりでなく、他《ほか》の学年の者たちもまた動き出す。

たとえば、卒業生たちが占拠《せんきよ》していたより条件のいい部屋を手に入れようと動く者たち。あるいは、新入生を受け入れる準備のため、部屋を明《あ》け渡《わた》さなければならない者たち。

前者が眼前にいる級友、後者がレイフォンを取り巻いている現在の状況《じょうきょう》だ。

卒業の季節が近づいている。

去る者たちの季節だ。初めてのこの季節にレイフォンは胸がざわついていた。正確には、そういう学園内の空気が、少しずつ摩耗し、消え去ろうとしていたレイフォンの気分を刺《し》激《げき》していた。

「ああ、復興計画で新しくできた寮とか、あれもうらやましいけどなー。無理だよなー、いまさら。ていうかレイフォン、なんでそこにしなかったんだ？　お前なら武芸科の成績の方で優先権とか取れそうなのに」

「ぼーっとしてて、募集《ぼしゅう》期間を見逃《みのが》しちゃったんだ」

「そか」

級友はあっさりと引き下がる。彼にはなにも話していない。だが、あの時以来レイフォンが本調子でないことはそれとなく察してくれているような気がする。

グレンダンでの異常は、それを見守るしかなかったツェルニ武芸者たちによって都市全体に広まっている。だが、その真相を知る者はほとんどいないだろう。ほとんどの人間が汚染獣《おせんじゅう》の恐《おそ》ろしさを再認識《さいにんしき》した形でしかない。

そして槍殻《そうかく》都市グレンダンの凄《すさ》まじさを知った。

ほとんどの人たちには、その程度のことでしかないのだ。汚染獣は恐ろしい。それと戦う武芸者たちはあんな事態にならないために、より自らを錬磨《れんま》しなければならない。その思いを強くし、あるいは恐怖《きょうふ》に心折れた者もいるかもしれない。聞いた話だが、武芸科の生徒で心理療法士《りょうほうし》のもとに通う者が増えているという。

しかしやはりそれは、その程度、だ。

あの戦いの奥になんだかとんでもないことが隠《かく》されていただなんてわかるはずがない。

そんな中にリーリンを一人、置いてきてしまった。

その事実が、レイフォンの胸を詰《つ》まらせる。どうしようもない気分にさせる。いますぐにでも放浪《ほうろう》バスに飛び乗ってグレンダンに戻《もど》りたい気分にさせる。

だが、戻れない。

リーリンがそれを望んでいない。

そして、リーリンの気持ちにレイフォンは応《こた》えられなかった。あの時に、なにかが決してしまった。レイフォンの衝動《しょうどう》がどれだけ強かろうと、決して足が動くことがないのはそのためだ。

なにが決してしまったのか。自分の気持ちに気付くのがあまりに遅すぎたためか。

「あ～、選挙。こんなとこにもポスター貼《は》ってんだなぁ」

級友の呟きでレイフォンもまた、休憩所となっているこの建物の壁《かべ》に貼られているポスターに気付いた。

生徒会長選挙が、もうすぐ始まろうとしている。

「そういえば、レイフォンもついてないよな。寮出る奴を決めるくじ引きで負けるんだからさ」

「うん、ほんと。ついてないね」

級友のあちこちに飛ぶ話題に答え、空を見る。なにもない空を見上げても、そこにあるのは空でしかないという現実しか見ることはできない。

だが、この空はグレンダンに続いている。

†

黒い眼帯の圧力に、ミンスは心の中でだけ息を呑《の》んだ。

ここはユートノール家の屋敷《やしき》だ。いくつかある客間の中で、最も上等な場所にミンスはいて、正面に座る二人の人物の内、一人を見ていた。目を離《はな》すことができなかった。

「ちゃんとした紹介《しょうかい》が遅《おく》れたけど、この子がリーリンね。ヘルダーの子だから、あなたの姪《めい》ってことになる」

「はぁ」

隣《となり》に座る女王、アルシェイラの紹介に生返事しか零《こぼ》せない。

例の戦いから何ヶ月が過ぎたというのか。王宮の再建が半ば以上終了《しゅうりょう》するいままで、王宮の行政機能はアルシェイラの実家であるアルモニス家の屋敷で行われてきた。行政機関部分の再建がようやく終了し、アルモニス家からの引っ越しが始まってすでに数日。アルシェイラたちはそんな日に、突然《とつぜん》やってきた。

「いや、ごめんごめん、もっとはやく紹介しようと思ったんだけど、リーちゃんが大臣たちの人気者になっちゃって」

「そんな……」

いつもどおりのざっくばらんなアルシェイラの隣で、リーリンと呼ばれた少女は小さくなっている。

その様子からようやくミンスは彼女の眼帯から目を離し、彼女自身を見ることができた。

兄、ヘルダーに似ているだろうか？

髪《かみ》の色は違《ちが》う。兄も自分も、グレンダン三王家によくある黒髪《くろかみ》だ。顔の造作もあまり似ているようには思えない。

だが、母親には似ているだろう。ミンスも朧《おぼろ》にしか覚えていないが、メイファーのことは知っている。かつてはユートノール家に仕えていた侍女《じじょ》だ。目の覚めるような金髪《きんぱつ》の、活発な女性だった。緊張《きんちょう》した様子のリーリンから、覚えているメイファーの雰囲気《ふんいき》は感じられないが、顔の端々《はしばし》に彼女の面影《おもかげ》があるようには思える。

兄もメイファーも、そしてその子供も、もうグレンダンにはいないと思っていた。それがいた。しかもレイフォンと同じ孤児院《こじいん》にいたという話だ。

兄が子供を捨てて都市から逃《に》げ出すという状況は考えられない。ならば……？　その先を想像して、しかし口には出さない。

彼女の眼帯にあるモノがその全てを語っているはずなのだ。おそらくは。

「この間の国葬《こくそう》の時に姿は見ていたが、お互《たが》い、名乗るのは初めてですね。ミンス・ユートノールです」

「リーリン…………ユートノール、です」

「リーリン。君はユートノールの人間だ。女王が認め、そして私が認めた。ならば誰《だれ》がなにを言おうと君はユートノールだ」

ためらいがちに家名を名乗った彼女に、ミンスは静かに諭《さと》した。

「おや、大人な発言だねぇ。レイフォンの時みたいにカッカするんじゃないかと思ってたけど」

「…………何年前の話をしてるんですか？　それに、私はいまでもレイフォンが嫌《きら》いですよ」

「おや、正直な」

「そこを認めないと心が狭《せま》くなる気がしましたので。それに取り繕《つくろ》うのもいろいろと面倒《めんどう》ですしね」

「つまんないの」

本気でつまらなそうにするアルシェイラの態度にも、もう慣れた。ミンスはそれを無視して再びリーリンと向かい合う。

レイフォンの名に反応してか、彼女の表情は緊張していた。

自分がレイフォン嫌いを公言したのは、隠していてもしかたないからなのだが、別の意味に取られたかもしれない。

「リーリンの部屋は、もうこちらに用意しても？」

「うん、もういいわよ。あ、でもいままで通りに学校にも通わせる気だし。大臣たちが意見を聞きたがってるから、王宮の方にも彼女の部屋を作るけどね」

「……気性《きしよう》が根無し草のあなたには理解できないかもしれないが、帰るべき家というのはきっちりと定めておいた方がいい。特に彼女はまだ若い」

「それはそうだけどさ。大臣たちがねぇ」

「さっきから疑問なんですが、なぜここで大臣たちが出てくるのです？」

「いやぁ、いろいろ再建費用捻出《ねんしゅつ》するのにさ、どこ削《けず》ろうって話をしてたんだけど、そんときにリーちゃん大活躍《かつやく》。もういますぐ大臣とかに任命しちゃおうかと思っちゃった」

「なるほど、優秀《ゆうしゅう》なようだ」

「そんな……」

恐縮《きょうしゅく》してさらに小さくなろうとするリーリンに、ミンスは好感を覚えた。

「しかし、再建の目処《めど》が立ったのならば、彼女は学業に専念すべきですね。大臣たちには諦《あきら》めてもらうとしましょう。ただ、あなたが彼女をいまから政務に関《かか》わらせたいというならば、週に一度などはっきりと決めてからにしていただきたい」

「もうすっかり保護者気取りね」

「保護者なのでしょう、私は？」

「まぁ、そうなんだけど」

「心配しなくとも、執政《しっせい》をやりたがってはいませんよ」

「ふうん」

こちらの会話を理解できなかったのか、リーリンがミンスと女王を見比べる。

「とりあえず、彼女の部屋を用意しましょう」

「そうして。あ、リーちゃん、ちょっとミンスと他の話がしたいから。もう荷物入れちゃってていいよ」

「はい」

リーリンが頷《うなず》き、ミンスが侍女を呼び、彼女の部屋を用意するように指示した。女王の言いぐさだと、すでに屋敷の外にリーリンの荷物が運ばれているのだろう。それも入れるように言っておく。

リーリンがいなくなり、他《ほか》の侍女が新しいお茶を用意して去っていく。

「さて、本題に入りましょうか」

仕切り直しのつもりでミンスが呟《つぶや》くと、女王がいかにもつまらないという顔をした。

「なんか、その察してる顔がむかつく」

「察するなという方が無理でしょう」

ミンスは澄《す》まして答える。

「まぁいいわ」

言うや、アルシェイラは表情を引き締《し》めた。

そこにあるのは、グレンダンの政治の頂点に立つ、女王としての顔だ。天剣《てんけん》たちを従え、武芸者たちの頂点に立つ勝手気ままな暴君の姿では、決してない。

「王位継承《けいしょう》権、リーリンを一位にするから」

「王太子ということですね。いままで、正式な発表はなかったわけですが」

「まぁね。しばらく死ぬつもりはなかったし。うん、これからも死ぬつもりはないんだけど」

「ならばこれは、彼女の立場を政治的に保護するため？」

「そういうことになるわね。彼女は武芸者ではない。三王家の決まりでは、武芸者でない者に当主の座は与《あた》えられない。だけど、王位継承権の方にはその決まりがない」

「いままで、三王家の当主の誰かが次の王位を継《つ》ぐというのが慣習でしたからね。まずは三王家の当主になるというのが、次期王位を狙《ねら》う道として定まっていましたし」

「ま、ね。そういうわけで、決まりにないことをやっても問題はない。決まりの上では」

「あとは、感情？」

「そういうこと。とりあえず、文句を言っていいのは慣習的にはあんたと、後はティグ爺《じい》が死んだからクラリーベルなんだけど……あの子は家出しちゃったから」

「しかたないでしょう。あいつの性格からして」

いなくなって清々したなどとは、さすがに女王の前では言わない。狼面衆《ろうめんしゅう》がなにかしてきた場合、それに対処する人間が自分一人になってしまったという側面もあるが、あの性格に振《ふ》り回されなくて済むと考えると、心が軽くなったこともまた事実なのだ。

あるいは別の頭痛の種がやってきたとも考えられるが。

「問題なのは慣習的例外として文句を言ってくるかもしれない連中、ということですか?」

「そうね。そういうこと」

「ロンスマイア家の跡取《あとと》り問題が解決していないというのも、あるいは揉《も》める原因になるかもしれませんね」

「それにわたしが口を挟《はさ》むわけには、いかないからねぇ」

だとすれば、大臣や官僚《かんりょう》たちを味方に付けるという意味で、リーリンを政治に関わらせるというのは、手段としてはありうるものなのかもしれない。

もちろんそこには、彼女の政治的才能と人付き合いの上での謙虚《けんきょ》さが必要だろう。それがあってしても、突然に成り上がってきた者への嫉妬《しっと》というのはどこから湧《わ》き上がってくるかわからない。かつて、そしていまもミンスが抱《いだ》いているレイフォンへの感情など、まさしくそれだ。

とにかく……この件に関しては女王も自慢《じまん》の腕尽《うでず》くでことを決してしまえとは考えられないようだ。それはつまり、それだけリーリンのことを心配しているということを示しているのだろう。

「ではとりあえず、文句を言いそうな連中を挙げてみましょうか」

「それと、彼女の護衛態勢もね。カナリスに一任するのも、今回ばかりはちょっと、ね」

「彼女の扱《あつか》うリヴァネス武門は王家の亜流《ありゅう》たちの集まりですからね、場合によっては彼らが反旗を翻《ひるがえ》すかもしれない」

反旗。そう言った自分に気付いて、ミンスは内心で身震《みぶる》いした。デルボネが死ぬ前日。生身の彼女と出会った後に考えていたことが現実となったような気がしたのだ。彼女の絶対的な念威《ねんい》が存在すれば反旗の心配などする必要もなかったのだから。

「……起こらなければいいのですが」

この間の戦いで生じた被害《ひがい》は、人的部分よりもむしろ経済的部分でグレンダンに深刻な打撃《だげき》を与えている。壊《こわ》れた建物は無料で直るわけではない。また、瓦礫《がれき》と化した物を完全に再利用できるわけでもない。資源を採集するにも限られた方法しか存在しない、そして採集をすぐにできるわけでもない自律型移動都市にとって、貯蓄《ちょちく》資源の減少はゆゆしき問題だ。

不安をかき消すように女王と話し合うミンスだが、話し合えば合うほど不安は深まっていくように感じられてしかたなかった。

†

級友とのバイトが終わり、誘《さそ》われるままにレイフォンは夕食へと向かう。

「……で、どうしてここ？」

入ったのは喫茶店《きっさてん》だ。それもレイフォンのよく知る喫茶店だ。ここにも食事メニューはあるものの、級友の食欲《しょくよく》を満たすような量ではなかったはずだ。

「知らないのか？　最近ここ、大盛り料理始めたんだぞ」

「そうなの？」

目の前にいる級友ではなく、テーブルの側《そば》に立つウェイトレスに、つまりメイシェンに尋《たず》ねた。

「う、うん」

水を持ってきたメイシェンはレイフォンの前に広げられたメニューを示した。

「復興応援《おうえんき》企画《かく》って、店長が始めたの」

「へぇ」

見れば、確かに大盛りメニューが写真付きで紹介《しょうかい》されている。店内を見渡《みわた》せばプレートに盛られた料理を食べている他《ほか》の客も大勢いた。以前は女性客が多かったように思うが、いまは男性客の方が多い。

「夕方限定メニューだし、もうすぐ復興作業は終わるらしいから、そろそろ止《や》めようかって言ってたの」

「終わる前に食べとかないとな」

「ドロン君は、よく来てくれてるよね」

「おう」

メイシェンの言葉に、級友は胸を張った。

大盛りメニューを頼《たの》むと、メイシェンが厨房《ちゅうぼう》に伝えに行く。レイフォンはここに来る途《と》中《ちゅう》でもらっておいた物件情報のチラシをテーブルに広げた。

「なんかいいのあるか？」

「んー、やっぱどこも高いよね」

「そりゃ、第一男子寮《りょう》に比べりゃ、高いだろうよ」

第一男子、及《およ》び女子寮は入学したてで資金や住居事情から行き場のなかった生徒たちを受け入れることを第一の目的としているため、家賃は安く設定されている。しかしそのため、年度替《ねんどが》わりが近づくと次なる新入生のために部屋を空けなければならず、そのために寮を出なければならなくなる生徒もいる。

その判断は、生徒の経済的事情や成績による例外を除けば、公平なクジによって決められることになっている。卒業まで男子寮に居座り続ける者もいれば、一年で出ていかなければならない者もいる。

そして不幸にもレイフォンは、そのクジで退去を引き当ててしまっていた。

「んでも、機関部清掃《せいそう》とかしてんだし、そんなに金に困ってないだろ？」

「そうだけど」

単純に家賃が高くなるというのに抵抗《ていこう》がある。

校舎区や商店街に近い場所、路面電車の駅が近い場所、好条件の物件はどこも高く、なにより空き室の数が少ない。そういうものはまず先輩《せんぱい》が押さえ、そして先輩が卒業するときにコネを利用して後輩《こうはい》が譲《ゆず》り受《う》けるというのが一つの流れとなっている。目の前にいる級友がそうしたような行為《こうい》は、他の生徒たちの間でも行われ、結果、社交的ではないレイフォンのような生徒はこうした物件探しで苦労するようになっていた。今回の復興で新しい寮やマンションも建てられたのだが、レイフォンはその選抜《せんばつ》にことごとく乗《の》り遅《おく》れてしまっていた。

だからこうして、前回の騒動《そうどう》にも生き残り、なおかつ人気のない物件の中で少しでも良いものを探さなければならない。

「小隊で活躍《かつやく》してんだし、報奨金《ほうしょう》もけっこう貯まってんじゃないのか？　いっそ、こういうのに手を出しちまえば良いんじゃないの？」

級友が指さしたのは、高級マンションだ。その外観には見覚えがある。フェリの住んでいるマンションに違《ちが》いない。実家が裕福《ゆうふく》か、あるいはこの学園都市で経済的成功を収めた生徒が住むようなマンションだ。家賃を見てレイフォンは黙《だま》って首を振った。実家が裕福であり、生徒会長として成功しているカリアンならばこんなマンションに住むことはなんでもないことだろうが、レイフォンには無理だ。

「貯金が吹き飛《ふと》んじゃうよ」

「小隊にいればなんとかなるんじゃねぇの？　この間の都市戦も活躍したんだろ？」

「うん……」

グレンダンと離《はな》れた後、一度だけ都市戦が行われた。学園都市同士では武芸大会と呼ばれる、都市の動力源であるセルニウム鉱山の所有権を巡《めぐ》る戦いは、ツェルニの勝利で終わった。

だが、レイフォンは自分が活躍したとは、とうてい感じられなかった。

そしてなにより、自分はいまだにあの小隊にいるべきなのだろうかと、疑問も感じている。

あれから、他の都市と接触《せっしょく》する様子はない。もうないだろうというのが経験則による生徒会の判断だった。

今期、ツェルニの武芸大会における戦績は三戦二勝一無効となったわけであり、迎《むか》えていた保有セルニウム鉱山の消失という危機は回避《かいひ》されたと考えるべきだろう。入学当時にカリアンに求められたレイフォンの役目は終了《しゅうりょう》したのだ。

そうなると、自分はもう、小隊員としても武芸者としても役割を終えてしまったのではないだろうか、そう考えてしまうのだ。カリアンの考えとは関係なく、ニーナの人間的魅《み》力《りょく》に引かれてこのままでもいいと考えていたときもあった。だが、武芸大会の終了という一つの節目が、レイフォンの中に残っていたわずかな気力をも持ち去っていったように感じられた。

「あ、これ安いな」

ふと目に入った物件にレイフォンは惹《ひ》かれた。間取りとその広さが他の物件とは明らかに違うのだ。一人暮らしにはあまりに分不相応な物件だったが、この広い居住空間というのには惹かれる。

「や、待て待て。他が最悪だって。倉庫区の近くって、校舎からめちゃ遠いじゃん。めぼしい商店街もないし。ていうかなんでこんなとこに住居があるんだよ」

級友の言うことも本当だ。添付《てんぷ》された周辺地図は倉庫区が大半を占《し》めていて、それ以外はなにかの工場であったりしている。住居が他にもないわけではないがおそらく住んでいる生徒はそう多くないだろう。

「うん、でも……隊長を見てると商店街が遠くてもなんとかなるみたいだし」

必要なものは下校時間に買えばいいのだ。遊楽施設《しせつ》にはそれほど興味はないし、一人だけでそんなところに行こうとも思わない。

「うん、いいかも。後で連絡《れんらく》してみよう」

「マジかよ」

なぜか級友が天を仰《あお》ぐ。

メイシェンがプレートを運んで来たのは、ちょうどそのときだった。テーブルの様子に首を傾《かし》げている。級友がそれを説明する間に、レイフォンはスプーンを取り、ピラフの山を崩《くず》しにかかった。

その日は変わらず、件《くだん》の物件に注がれ続けている。

厚い曇《くも》り空《ぞら》の中に少しだけ陽《ひ》が射《さ》したような、そんな気分だった。

それからはレイフォンも驚《おどろ》くぐらいにあっさりと話が進んだ。食事の後にチラシに書かれていた連絡先《れんらくさき》に向かうと、次の日には下見に向かう話になり、そしてその場で契約《けいやく》することになった。第十七小隊員というレイフォンの肩書《かたが》きは必要以上に功を奏し、案内をした生徒は最後まで上機嫌《じようきげん》だった。

「いや、このビルに一気に二人も契約が決まるなんて、僥倖《ぎようこう》だね」

案内してくれた、この建物を担当している先輩がそんなことを言った。

「二人？」

「うん、このビルはいままで誰《だれ》も住んでいなくてね。場所的なこともあるけど、なにしろ古い。昨日も説明したと思うけど、住居設備はしっかりしてるし、これから清掃もしてメンテナンスもするけど、でも古いからね、どんな不具合が出てくるかわからない」

「はぁ……」

「立地的に恵《めぐ》まれてないので有名なのは、建築科実習区の女子寮だけどね。でも、あそこはなにしろ外観と内観の素晴《すば》らしさは群を抜《ぬ》いている。あれに惹かれて住む人がいなくなることはないんだけど、こっちは家賃と広さ以外で見るものなんてないからねぇ」

そう言って、先輩は嘆息《たんそく》した。

「ここを担当して二年だけど、二年目にしてやっとお客。しかも二人同時」

「はぁ」

この建物を担当していることに相当不満が溜《た》まっていたのだろう。踊《おど》り出しそうな先輩の様子を眺《なが》め、それ以上の説明を求める気にはなれなかった。

部屋を見渡す。

掃除《そうじ》が行われていないこの部屋は埃臭《ほこりくさ》かった。

だが、窓から射し込む光に映し出されるなにもない空間は、レイフォンになにかを与《あた》えてくれるような気分になった。

たとえそれが、なにかからの逃避《とうひ》的なものであったとしても……

「…………」

「ん？　なんだい？」

「いえ。それじゃあ、引《ひ》っ越《こ》しはいつぐらいに？」

「そうだね、掃除屋はこれから手配だけど、メンテナンスも含《ふく》めて一日もあれば終わる作業だ。一週間後にはできるかな」

「なら、一週間後に引っ越します」

「そう？　なら鍵《かぎ》はもう渡《わた》しておくよ。予定が遅れるようならこちらから連絡する」

「はい」

受け取った鍵は古くさく、形式としては一昔前のものだった。

だが、鍵の新旧は関係ない。

これはレイフォンにとって新しい鍵、そうなるはずといまは思うしかない。

†

気配ばかりが周囲を行き過ぎていく。

「……くっ」

ニーナは焦《じ》れていく気持ちを押しとどめ、その場に居座り続けることを自らに命じ続ける。焦れる気持ちが煙《けむり》を上げる想像が、鼻の奥に刺激《しげき》を与えた。

建築科実習区の空き地だ。寮の周りを囲むこの広大な、建てられては壊《こわ》されていく空間は、ニーナにとって格好の自主練習場となっていた。とくにいまは、復興計画のおかげで生徒たちは実習どころではなく、実践《じっせん》で経験を積んでいるため長い間放置されている。邪《じゃ》魔《ま》するものはなにもなかった。

「あははは、どうしました？」

クラリーベルが挑発《ちょうはつ》してくる。しかしニーナはその場に居座ることを止《や》めない。

飛び交《か》う気配は、全《すべ》てがまやかしだ。一度、それにはめられたので理解している。

レイフォンが気配だけを飛ばす技《わざ》を一度見せてくれたことがある。そして小隊対抗《たいこう》戦でゴルネオと対峙《たいじ》したとき、無数の姿に分身して攻撃《こうげき》したところも見たことがある。二つの技は使い方が違うことも教えてくれた。前者は隙《すき》を作るため、後者はただひたすら攻撃するため。

では、これはなんだ？

いま、目の前には無数のクラリーベルがいる。ニーナを取り囲み、動き回っている。無数のクラリーベルは全てが幻《まぼろし》だ。それはまるで水に映したかのようなぼやけた様子となっているのですぐにわかる。

だが、そこを気配が行き交う。

かと思えば、なにもないところで気配が湧《わ》くこともある。

こちらを幻惑《げんわく》しようとしている。そのことは確かだ。そしてクラリーベルはこちらが迂闊《うかつ》に動いたところで一撃《いちげき》を加えようとどこかに隠《かく》れている。さきほどの発言も、こちらの焦《あせ》りを耐《た》え難《がた》い状態にまで押し上げるための挑発に過ぎない。

わかっていても、焦れる気持ちは変わらない。

「これが、化錬剄《かれんけい》使いの戦い方です」

最初に訓練を申し入れたとき、見事にやられた後で彼女はそう教えてくれた。

「剄を一つのエネルギーとしてとらえ、それを様々なフィルターを通して変化させ、相手に読ませにくい変則的な戦い方を行います。うちの先生ともなると自分の望む効率的な破《は》壊《かい》現象に変化させて一掃《いっそう》したりしますけど、わたしはまだまだ、そういう境地にはなれていません」

効率的な破壊現象というものがどういうものなのか興味があったが、いまのニーナは化錬剄の本来の使い方であるという変則的で幻惑的な戦い方に身動きが取れないでいた。

ゴルネオも化錬剄を使う。彼に手ほどきされたシャンテもそうだ。だが、ゴルネオはそれを格闘術《かくとう》の補助的なものと位置づけている。本格的な化錬剄のみでの戦いというものがどういうものか、ニーナはまだ知らない。

こちらの望みを知ってか、クラリーベルは彼女の持つ胡蝶炎翅剣《こちょうえんしけん》と名付けられた変則武器を使うことなく、化錬剄でのみニーナと戦おうとしていた。

いままでニーナが戦った相手は、届く届かないは別にして、鉄鞭《てつべん》で打てば傷つくものばかりだった。こういう、肩《かた》すかしを与えるような、どこを打てばいいのかわからなくなる相手は初めてだ。

だからニーナは動かない。動けないのでもあるが、どこを打てばいいのか、それを見極《みきわ》めるためにも動かない。

クラリーベルも幻をニーナの周囲に配置し、気配だけを動かすのみで向こうから仕掛《しか》けてくることはない。

武芸者の戦いは速度の世界だ。こんな戦い方は時間稼《じかんかせ》ぎ以上の意味はないはずだし、相手がこちらの幻惑に気を取られないとわかった時点で、別の方策を考えるべきだが、クラリーベルはそうしない。やはり、ニーナがこの幻惑をどう突破《とっぱ》して自分に肉薄《にくはく》してくるかに興味があるのだろう。

それは、練習だからそういう心境になっているのか、あるいはたとえ実戦であってもそうなのか。そうであれば、クラリーベルの戦いの中での精神性には危険なものがあるようにニーナには感じられた。

焦れる気持ちに耐え、相手を観察する。殺剄《さっけい》は使っていないはずだ。これだけの剄を動かしながら、剄の流れを抑制《よくせい》することで気配を殺す殺剄が使えるはずがない。となると、この無数の気配というものが、彼女の本来の気配を隠すためのもの、だという結論にはすぐにいたった。いまは、本物と偽物《にせもの》の区別を付けるために観察を続けている。

「じっとしてるだけなら、こっちからしかけちゃおうかなぁ」

その言葉も周囲にある壊れかけで放置された建築物の反射を利用して、所在がわからないようにしてある。

どう読む？

到の流れを探《さぐ》ろうとしても、いまだその技術は未熟なニーナには細かい流れはわからない。ならば濃淡《のうたん》で判断しようと思っても、そこにもきちんと対処が為《な》されている。ニーナの取得した技術では、少なくとも現時点ではそれを読み切ることは不可能という結論がそこにあった。

ならばどうする？

決まっている。

動くしかないのだ。

だが……

「はい、おしまい」

どこから発されたかもわからぬ声でそう言われ、気がついたときには背中、心臓の真裏に刃《やいば》の先端《せんたん》を突《つ》きつけられた感触《かんしょく》があるのだった。

「むっ」

ニーナは短く呻《うめ》いて、背筋に感じた死の予感を振《ふ》り払《はら》った。寸止めではあるものの刃の先にこもっていたクラリーベルの本気と区別の付かない一瞬《いっしゅん》の気迫《きはく》を感じられたのだ。

「目の前の現象に捉《とら》われすぎましたねぇ」

「ああ……」

クラリーベルの声に応《こた》えながら、ニーナは脱力《だつりょく》してその場に座り込んだ。彼女は錬金鋼《ダイト》を基礎《きそ》状態に戻《もど》し、同じようにその場に座る。

「咄嗟《とっさ》の反応を制御《せいぎょ》できるようになっただけ、成長したと思いますよ」

それは慰《なぐさ》めの言葉だったのだろうか、ニーナは彼女を見上げる。グレンダンからレイフォンを連れ帰ってきた彼女は、ツェルニが移動することにもかまわず、そのまま居着いてしまった。

しかも、来年度の新入生として正式にツェルニの学生になるという。着の身着のままでやって来たというのに、彼女は気楽な様子だ。順応も早い。ニーナたちの寮《りょう》に住む手続きを済ませると、すでにバイトを探して生活費を工面《くめん》している。

こうして、ニーナの訓練にも付き合ってくれている。

クラリーベルの表情は明るく、屈託《くったく》がない。

「すまない。自分の訓練もあるだろうに」

「いいえ、そんなことはないですよ。こっちもいろいろ試《ため》せるし、ニーナの動きを見て自分の反省点も探し出せます」

「そうか。ところで、さっきのはクララならどうするんだ？」

「そうですね。読めないと判断して、その上で周りが壊れてもかまわないものばかりなら、衝勁《しょうけい》で広域破壊しますね。とにかく相手を間合いに入れないことを考えます」

「壊せなかったら？」

「そのときも、とにかく自分の間合いのものだけを気にします。自分が対処できない場所のことまで気にしてたら間合いが疎《おろそ》かになるし、それを注意した上で、あえて相手の罠《わな》を踏《ふ》んでみるのも面白《おもしろ》いんじゃないかな？」

最後の感想のような言葉が彼女の性格を表わしている。

「こういう訓練、レイフォンともしてみたいんですけど」

その呟《つぶや》きには、残念そうな趣《おもむき》があった。

レイフォンはグレンダンでのこと以来、めっきり覇気《はき》に欠けていた。もともと普通《ふつう》のときには茫洋《ぼうよう》としているところがあったのだが、いまは戦いでも精彩《せいさい》を欠いている。小隊の訓練にも顔を出さなくなったし、最後の武芸大会のときにはニーナにもわかるほど、はっきりと動きが鈍《にぶ》かった。

クラリーベルもそのことはもちろんわかっている。その上で彼を奮起させようとなんどか練習を申し入れたようだが、その全てが不満足に終わり、いまはもうレイフォンにそれを言うこともないようだ。

「どうにかならないものでしょうかね」

はっきりと聞いたわけではないが、彼女がツェルニに来た目的はレイフォンにある。その彼があんな状態で、クラリーベルも不完全燃焼という顔だ。

だが、この状況《じょうきょう》に落ち着かないのはニーナとて同じだ。

「わたしたちも距離《きょり》を置かれてしまった。どうすればいいのか」

小隊の訓練にやってこないということは、自然とレイフォンとの距離を開けることになる。それを除いてごく自然に近づけばいいではないかと思わないでもないが、ニーナにはそれができなかった。レイフォンとの関係は、あくまでも第十七小隊という一つの目的を持った集団を基礎としていると感じているからだ。そしてレイフォンが無気力となっている原因も知っている。解決策を見出《みいだ》せないニーナには、そっとしておいてやるという選択《せんたく》肢《し》しかないように思えた。

そしてその選択を取ると、普段《ふだん》の学生生活では学年の壁《かべ》に阻《はば》まれて、彼の顔を見ることさえもない日が流れていくことになる。

機関部清掃《せいそう》でも、彼が一年経《た》って熟練者の仲間入りをしたと判断されて、ニーナとは組まれなくなってしまっていた。力仕事では群を抜《ぬ》いた能力を持つ武芸者だ。別個で使えるのなら使いたいと、機関部のメンテナンスに関《かか》わる連中は思っている。それはしかたのないことだとニーナは思うしかない。

武芸科全体が、武芸大会は終了《しゅうりょう》したという判断で弛緩《しかん》していた。小隊の訓練日も、練武《れんぶ》館のメンテナンスを理由に少なくなっている。自然、シャーニッドやフェリともそう顔を合わせない日々が続いている。

なんだか、このまま第十七小隊が消えていってしまうような、そんなかすかな危機感がニーナの中にはある。

それをどうすればいいのか、ニーナにはわからない。いろんな要素が絡《から》み合っていたとはいえ、自分の力で作り上げた場が望まないままになくなってしまいそうな哀《かな》しみと寂《さび》しさが胸に刻みつけられる。

「立ってもらうしかないですよ」

クラリーベルの言いぐさは、彼女の性格のためか、あるいは事情を知らないからか、ニーナの心には届かなかった。

†

気晴らしの本を探していると、店のガラス越《ご》しに大荷物を担《かつ》いだレイフォンが歩くのを見つけてしまった。

買うつもりだった本を置いて、フェリは店を出る。

「レイフォン」

呼びかけると彼は驚《おどろ》いた顔をして振り返った。

「フェリ？」

「なにをしているんですか？」

レイフォンの様子は買い物をしたというものではなさそうだった。どこからかもらってきた梱包箱《こんぽう》になにかを詰《つ》めて運んでいるという様子だ。

「ちょっと私物の整理を」

「……え？」

一瞬、フェリの脳裏《のうり》にいやな想像が浮《う》かんだ。

「引《ひ》っ越《こ》すんです。それでいらないものをこれからリサイクルショップに」

「ああ……」

出ていくのかと思ったとは口が裂《さ》けても言えなかった。

なんとなくそのまま付いて行くと、レイフォンは事情を話してくれた。

「それで、そんな遠くに部屋を決めてきたのですか？」

次の部屋が倉庫区の近くと聞いてフェリは絶句した。ここからではほぼ真反対だ。それに校舎からも遠い。学校帰りにちょっと寄り道して遊びに行くということをするには、ためらいを覚えてしまう場所だ。

「停留所からは近いですよ」

そんな言葉は気休めにもならない。

「あなたならもっといい部屋を選べたでしょうに」

フェリ自身に支給される小隊補助金や報奨金《ほうしょう》の額を考えれば、レイフォンが住める部屋の家賃も想像が付く。引っ越しを考えていないフェリは物件情報を調べてはいなかったが、そのレベルの部屋ならば今から探しても見つかるのではないかと思えた。

「まぁ……」

レイフォンは微妙《びみょう》な笑《え》みしか浮かべなかった。

リサイクルショップに着く。レイフォンの運んだ中身はたいした額にはならなかった。だがレイフォンはそれに気落ちする様子もなく、納得した顔でカードに金額を振り込《こ》んでもらうと、同じように売られてきた商品たちを見て回った。

この時期はリサイクルショップにとって繁忙期《はんぼうき》なのだろう。身辺の整理を早々に始めた卒業予定者たちが処分した品が店いっぱいに並べられている。移動の多い学園都市ではしっかりとした造りの家具は好まれない。分解にも運搬《うんぱん》にも手間がかかるからだ。組み立ても分解も工具一つで素人《しろうと》でもできるようなものがそこらじゅうにある。

レイフォンはベッドのあるコーナーで足を止めた。

「ベッドですか？」

「前のベッドは寮のものなんで、買わないといけないんですよ」

「なるほど」

「部屋がけっこう広くて、僕一人だし、たぶん持てあますんですよね。だからいっそのこと、ベッドとか大きいの買うのも面白そうだなって」

「持てあますとわかってるなら、どうして？」

安いからという答えを想像した。孤児院《こじいん》育ちのためか、あるいは話に聞いた食糧《しょくりょう》危機の貧乏《びんぼう》生活が彼をそうさせたのか、お金の使い方に関して、彼はとても質素だ。

「広い部屋ってちょっと憧《あこが》れますよね」

予想外の答えだったが、想像外というわけでもない答えだった。寮の二人部屋を一人で使えることに喜びを覚えているような人物だ。広い部屋というのも魅力《みりょく》なのだろう。幼いときからそういう空間で当たり前に暮らしてきたフェリには、納得はできてもほかの不便を我慢《がまん》してまで選ぶようなものだとは思えないが。

どうやら気に入ったベッドがあったらしい。ほのかに口元を楽しそうにしながらクッションを手でなでている。

「広い部屋が良いのなら、わたしの部屋に来ますか？」

「え？」

言ってから、自分がとんでもないことを口走ったと理解した。

だが、止まらない。

「兄が卒業して部屋が余ります。だからといって引っ越しは考えていませんし、兄からも実家からも引っ越せという指示はされていません。どうです？」

「いや、どうですって言われても……」

戸惑《とまど》うレイフォンの表情を見て、フェリは頬《ほお》が赤くならないように必死に自分を抑制《よくせい》した。こうなったら鈍感《どんかん》を演じるしかない。失敗したと思いながらも提案自体が悪いものだとはフェリには思えなかったので、取り下げる気にもなれなかった。

「いや、でもちょっと、まずいですよ」

「む……」

レイフォンの頬が赤くなったのを見て、こんなときばかり勘《かん》が良いと、内心でレイフォンをなじった。

買う物を決めて配送先などを告げると、二人はそのままお互《たが》いの部屋に向かって歩いていく。こうして帰る方向が重なることが、これからはもうないのかと考えると寂しさが胸を突《つ》いた。

「そういえば、デルボネさんからなにかをもらったんですよね？」

話すこともなく黙々《もくもく》と歩いていると、不意にレイフォンがそう言った。

「え、ええ。まだ解析《かいせき》できていませんが」

天剣授受者《てんけんじゅじゅしゃ》であり、念威繰者《ねんいそうしゃ》であったデルボネからもらった戦闘《せんとう》経験をデータ化したものは、いまだにその情報を開くことさえもできていない。自分の脳内を演算機のように扱《あつか》うことに念威繰者は慣れているとはいえ、経験という数値化の難しいものを他者に譲《ゆず》る、あるいは譲られるという行為《こうい》はこれが初めてのため、扱いかねているというのが現状での正直なところだ。

「デルボネさんは幸せだったのかな」

「そう言っていました」

レイフォンの言葉にどういう意味があったのか、フェリには測りかねる。だが、彼女のいまわの際《きわ》の言葉をフェリは聞いたのだ。あれが嘘《うそ》だとは思えない。

「ティグリスさんも死んじゃうなんて」

「ツェルニに来たあの人のおじいさんなんですよね」

「ええ。クラリーベルはこれからどうする気なんだろう。家もきっと大変なことになってるだろうに」

「彼女はあまり気にしてなさそうでしたけど」

「そうですか」

「戦場にいるのだから、死ぬ可能性は当たり前にある。そう言っていたと彼女は言っていました」

「ティグリスさんらしい、かな？」

自問したのか、レイフォンは遠くを見た。

「二人ともお年寄りだったけど、とても死にそうには思えなかったのにな」

死の衝撃《しょうげき》はいつでも感じられるが、その悲しみを見つめるには激動は忙《せわ》しすぎる。レイフォンはいまになってようやく、二人の死を感じられるようになったのかもしれない。

「ティグリスさんはね、小さいときによくたくさんのお菓子《かし》を持ってきてくれたりしたんですよ。デルボネさんも弟たちとよく端子《たんし》で話したりしてました。二人とも良い人なんです」

「そうですか」

グレンダンで出会ったレイフォンの妹が、デルボネの端子に手を振《ふ》っている姿を、フェリも見ている。

「でも、戦場では良い人かどうかは、あまり関係ないんですよね」

その冷たい現実の前にフェリはなにも言えない。

「僕は、どうするべきなんだろう」

それにもまた言えるべき言葉など思いつくはずもなくフェリは黙《だま》るしかない。

もうあと何度あるかわからないこんな時間が、悲しみに包まれてしまっていることに、フェリは抱《いだ》ききれない怒《いか》りを感じて道が分かれるまで口を開くことはなかった。

†

話し合いは、とりあえずもう話すことがないというところまで行った。信頼《しんらい》できる、あるいは信頼できない、あるいはどちらともいえない灰色の者たち、それらを挙げていく作業がほとんどであり、後はどうやって彼女の護衛態勢を築き上げるかに終始した。

「とりあえず、彼らに順番にリーリンを陰《かげ》から守ってもらう。それが最も効率的ではありますが……」

「そうだけど、さて、どう話したものかしらね」

三つの分類に分けられたものの中で、最も重要視すべきは天剣授受者たちの存在だ。

「完全に信用できるという意味ではリンテンス、リヴァース、カウンティア。陛下がお拾いになった外出身の者のみ。他の者は大小の差はあってもなんらかの大きな武門に関《かか》わっていますし、カルヴァーンなどは慣習にうるさい方ですから、一番の難敵と考えるべきですね」

派閥《はばつ》という部分では先日までグレンダンの外にいたエルスマウもそうだが、彼女は元々デルボネの血族であり、そしていまは新しい複数の念威繰者を使った警戒網《けいかいもう》を構築することに忙殺《ぼうさつ》されている。そしてその複数者を介《かい》すという部分で、以前のような、一人が情報を統括《とうかつ》することによる内部問題の処理には向かなくなった。

それは個人の暴走という危険を回避《かいひ》できるだけ、組織として健全であるということでもあるが、今回のことでは役に立ちそうもない。

「リンはこういうこと、やる気なさそうよねぇ。カウンティアに護衛なんて仕事任せられないし、そうなったらリヴァースだけ」

「彼だけに女性の護衛を頼《たの》むなんて、私にはできない仕事ですね」

嫉妬《しっと》深《ぶか》いカウンティアのことを考え、ミンスは自分が惨殺《ざんさつ》される現場を想像して体を震《ふる》わせた。

「できれば、わたしだってやりたくないわ。頼むならセットでだし、そうなると使える駒《こま》は一つだけ、まぁわたしも動く気だから、交代制と考えればできないことはないけど」

「私も、自分の部下で使えそうな者は見繕《みつくろ》っておきます」

ミンスの言葉に頷《うなず》き、アルシェイラはソファの背もたれに全身を預け、天井《てんじょう》を見上げた。

「いっそ、わたしの暗殺に来てくれればいいのに」

「嫌味《いやみ》ですか、それは……？」

彼女の細い首を睨《にら》み付ける。

「まさか。その方がいろいろ手っ取り早いでしょ？」

かつて、女王を暗殺しようとしたこともあるミンスだ。

「そうですが、おそらく今回、そういうことにはならないでしょう。陛下がいなければ倒《たお》せない敵が存在する。これはたとえ叛徒《はんと》が暴走したとしても踏《ふ》み越《こ》えることのできない抑《よく》止力《しりょく》となるはずです」

「……彼女も必要なんだけどね」

「それは、他《ほか》の者には理解できない話です」

「嫌《いや》なこと。自分たちの生死もかかっているというのに、理解できないなんて」

「多くの人間は、英雄《えいゆう》像として、あるいは物語の主人公としてそういう者を期待することはあっても、自分たちの周りにそんな者が本当に存在するとは思いませんよ。誰《だれ》だって自分の死が他人の努力の結果によって決まるなんて、考えたくはありませんから」

「でも、面倒事《めんどう》は人に押しつける」

「それもまた、真理ということですね。無意味な話はこれぐらいにしましょう。それで、どうします？　まだ動きがはっきりとしているわけではない、それどころか動くかどうかもわからない状況《じょうきょう》ですが、リヴァースにはもう護衛に入ってもらいますか？」

「とりあえず、セットで頼むしかないわね」

「では、よろしくお願いします」

話が終わったことを確認《かくにん》し、ミンスは疲《つか》れた脳を癒《いや》すために新しいお茶とお菓子を頼んだ。やってきた侍女《じじょ》長にリーリンはと尋《たず》ねると、運ばれてきた荷物の配置の指示やその荷ほどきをしているという。他の者たちが止めても聞かないので当惑《とうわく》している様子だったが、ミンスは好きにさせてやるようにと指示した。生活や立場が変わるということを一気にわからせるのも一つの方法だが、少しずつ慣らしていくのも、また方法だろうとミンスは考える。

侍女長が新しいお茶を用意しているところで、アルシェイラが手を打った。

「良いこと思いついた」

その顔を見て、ミンスはとても良いことだとは思えなかった。

「なんです？」

「カナリスとバーメリン、どっちが良い？」

「なにがですか？」

やはりと思ったが、ここは気付かないふりをする。侍女長がそしらぬ顔をしながらも聞き耳を立てていることもわかっていた。

「あんたの結婚《けっこん》相手。どうせどっちかとしないといけないんだから、いっそもう決めちゃったら？」

そうしたらこちら側に引き込めるとは、さすがに他の者がいる前で口には出さなかった。

「家の立て直しも終わっていないのに、結婚なんて考えられませんね」

兄ヘルダーの婚約破棄《こんやくはき》及《およ》び失踪《しっそう》、そして以前のミンス自身の暴走によってユートノール家の財力はかなり傾《かたむ》いている。そんな家の状況にユートノールの親族たちはやや距離《きょり》を置いているのが現状であり、その結果、王家の亜流《ありゅう》たちが集まるリヴァネス武門の力が増している。

はっきりと言ってしまえば、三王家の中で、ユートノール家は一番の貧乏《びんぼう》なのだ。

それを立て直すことがいまのミンスの仕事だと思っており、また実際、数少ない放浪《ほうろう》バスを利用した情報貿易にも手を出している。

「そういうことなら、カナリスと結婚すればいいじゃん」

「じゃんて……そんな簡単に」

「嫁《よめ》のコネと財力に頼《たよ》るのは嫌？　それならバーメリンね。あれは特定の武門にいたわけでもないし、親の方もどうやったらあれが生まれるんだってくらいに大人しいし実力もいまいちだし一族で徒党組んでないけど？」

後ろにいるミンスの乳母《うば》もしていた侍女長が、「もっと言えもっと言え」とジェスチャーをしているのがわかる。ミンスは苦り切った表情を浮《う》かべた。

「いまは、考えてません」

「あら、より優秀《ゆうしゅう》な武芸者の血を生み出すのは三王家の義務よ」

「それなら、まずあなたにそれを実行していただきませんと。私よりも年長でしょう」

「でも、絶対あなたの方が先に老《ふ》けるけどね」

鮮《あざ》やかに切り返され、ミンスは盛大《せいだい》にため息を吐《つ》いた。

†

フェリと別れ寮《りょう》に戻《もど》ったレイフォンは、部屋が広くなった気がして驚《おどろ》いた。

二人部屋を一人で使っていた。それだけで広い部屋だと喜んでいたのに、いつのまにかこの部屋を狭《せま》く感じるほど物を置いていたということだ。もとよりこの部屋にある家具はすべて備えつけのものだし、それほどなにかを買ったという意識はなかった。

それでもここにやってきてもうすぐ一年になろうというのだ。六年生が去り、レイフォンが一年から二年になってしまう。

なにをした、なにができたという感覚はない。それでも時間は流れていく。変化は起きる。この部屋に入ったばかりのレイフォンはもういない。

胸の中を過ぎていくなんともいえない感覚をどう扱《あつか》えばいいのか、レイフォンにもよくわからなかった。リーリンに突《つ》き放《はな》されたことは、悲しいけれど、いまだ心に重くのしかかっているというわけではない。時間は流れる。そしてなにをしなくとも人は再び立つだけの力を手に入れることはできる。

立てなければ死ぬだけなのだ。戦場で近しい人の死を前にして動揺《どうよう》すれば、その死に引き込まれる。その光景をレイフォンは何度も見たことがある。形は違《ちが》えど、何度も見てきたその光景に、レイフォンが当事者として立つことになった。そういう風に考えることだってできるはずだ。

不意に思い出した。

ツェルニに戻ってきて、クラリーベルに勝負を挑《いど》まれたときのことだ。ただの練習だと彼女は言ったが、そこには本気の気配があった。あるいは練習であろうとも本気を出すのが、彼女の流儀《りゅうぎ》なのかもしれない。常在戦場の考え方なのかもしれない。

学園都市の規則に則《のっと》って安全装置が掛《か》けられた胡蝶炎翅《こちょうえんし》剣《けん》に少し扱いづらそうな顔をしていたが、それにもすぐ慣れ、そしてレイフォンと戦う。

結果は、レイフォンの敗北だった。

語るべきところすらない。それは、レイフォンを知る者であれば実力の如何《いかん》なく、はっきりとわかるほどの敗北だった。

「どうしたのですか？」

驚きとともにクラリーベルは聞いてきた。

「あなたはそんなものではないでしょう？」

強引に連れてこられた人気《ひとけ》のない外縁《がいえん》部で、ほとんど乱れのない空気の中で、汗《あせ》もほとんど浮かべていない顔で、クラリーベルは驚きの後に怒りを顕《あら》わにして尻餅《しりもち》をついたレイフォンを見下ろしている。

「そんなあなたを見たくて、ツェルニに来たわけではないですよ」

言葉の刃《やいば》を収めるつもりのないクラリーベルは、容赦《ようしゃ》なく切り込んでくる。レイフォンは黙《だま》っているしかなかった。すぐ側《そば》に落ちた青石錬金鋼《サファイアダイト》の冷たい光さえも見つめることができず、視線をそらす。

「なにがあなたをそんなにしているのか知りませんが」

彼女はリーリンのことを知らない。いまも知らないのかどうかはわからないが、あのときは知らなかった。

「いまのあなたを見られて、恥《は》ずかしいと思う人はいないのですか？」

「…………」

「わたしにはいます」

「…………」

「家を出たことで起こるだろういろいろなことよりも、これを為《な》しえなければならないと感じることがあります。その人の前で胸を張るためには、そうしなければならないことが」

「…………」

「そのためにわたしはここに来たんです」

返事のできないレイフォンに苛立《いらだ》ったのか、クラリーベルはそのまま踵《きびす》を返した。

「わたしだって……そんなあなたは見たくありませんよ」

「…………」

「だけどこれは、わたしの勝手な願いなのでしょうね」

声量を落とした声は、空気に溶《と》けるようにレイフォンの耳に届き、そしてクラリーベルの跳躍《ちょうやく》の音にかき消された。

……その人の前で胸を張るため。

それはおそらくティグリスのことなのだろう。偉大《いだい》な祖父の恥《はじ》とならないため、家を継《つ》ぐよりも大事なことがあるとツェルニに来た。それはレイフォンを倒すことなのか。だが、彼女の戦い方に殺意はない。ならば天剣授受者《てんけんじゆじゆしゃ》になることか。しかし修行《しゅぎょう》のためだけならば、強者の多いグレンダンの方がいいはずだが。

わからない。わからないが、彼女はしっかりとした目的を持ってここにいる。

レイフォンだって、このままでいいと思っているわけではない。いまの気の抜《ぬ》けた姿を見せたくない相手はたくさんいる。ツェルニの仲間たちはもちろんんだ。そして養父や孤児《こじ》院《いん》のみんな、リンテンスにだって見られたくない。

……リーリンにだって見られたくない。

だけど、どうすればいいのか。

問題なのは、なんのために立ち上がるのかということだろう。新しい自分を探すという入学当初の目的は、ツェルニの状況によってうやむやなままとなり、そしてどういう化学変化が起きたのか、グレンダンとも関《かか》わるような大騒動《そうどう》の渦中《かちゅう》にいた。

ある意味、リーリンは、レイフォンを本来の立ち位置に戻すために突き放したのだ。そう解釈《かいしゃく》をすることだってできる。リーリンのことを考えて心が痛むのは、彼女を前にして彼女の意思に対抗《たいこう》できるなにかを、自分はなにも持っていないのだという事実を思い知らされたからだろう。リーリンに対する自分の気持ちすら、はっきりと形にできなかった。

気付いてしまったこの形は、もう壊《こわ》れてしまったのだろうか。

よくわからない。

またもレイフォンは、自分の気持ちがよくわからなくなってしまった。

どうすればいいのかよくわからないということも、そういうことなのだろうか。

入学したときから、自分はなにも変わっていないということなのだろうか。

目の前にある変化に置いていかれてしまっているのだろうか。

そう考えるとレイフォンは胸が痛くなる。

ベッドに身を投げ出し、体を丸める。新しい部屋を見つけてはしゃいでいた気分がどこかに去ってしまっている。なにもかもを投げ出すようにベッドに倒《たお》れても、やはりなにもなくならない。

思考は暴走し、激流のようになにかをわめいている。それから耳をふさいで、レイフォンは目を閉じた。

†

新しい場所で迎《むか》えた夜は、とても静かだった。

アルシェイラがいろいろと買い与《あた》えてくれた服の中にあった夜着を着て、王宮にあるような大きな窓から外を見る。その向こうにはテラスがあったが、外に出る気にはならず、ここから外を見る。

ユートノール家の庭があり、そしてグレンダンの街並みが見える。

故郷の光景も見る場所が違えば変わる。それは上級学校の寮に入ったときからわかっていた。たった一年。いや、まだ一年も経《た》っていないのだがもうすぐ進級することを考えれば経ったと考えても問題ないだろう。その一年で、まさかまたも見る景色が変わるとは思わなかった。

いや、景色が変わり続けた一年だったとも言える。上級学校に進学し、そして休学してまでツェルニに向かった。旅の途中《とちゅう》で起きた事件、そしてツェルニでも起きたこと。こんなにも早くグレンダンに戻ってくることになるとは思わなかった。

なにより、景色だけでなく、自分までも変化するとは思わなかった。

リーリンはそっと、右目を覆《おお》い続ける眼帯に触《ふ》れる。

サヤは再び、奥の院へと戻って行った。眠《ねむ》れるかどうかはわからないが、王宮にいてもしかたがないというのが、彼女の言葉だった。もっと教えて欲しいことがあったようにも思えたが、しかしそれがなんなのかがわからなくて、彼女を止めることはできなかった。

いまの自分はリーリン・ユートノール。その事実を窓からの景色と、そして振《ふ》り返《かえ》ればある広い部屋を見て確認《かくにん》する。これが最後だ。もうこんな、無意味な確認はしないと心に決めて、部屋を眺《なが》める。一つの部屋だというのに、ベッドとそのほかの空間が巧妙《こうみょう》に間仕切りされている。孤児院でならば、この空間で全員が眠ることができただろう。

そう考えるのも、今夜が最後だ。

「……いい加減、慣れよう、リーリン」

自分に言い聞かせる。

いろんなものに。失ったという事実に。変化したという事実に。いまの自分がリーリン・ユートノールであるということに。

いろんなものに慣れなければならない。

「さて、寝《ね》る前に少しはレポート進めとかないと」

上級学校の復学届は出した。あいにくとツェルニでの勉学はドタバタの中で証明書を発行してもらう暇《ひま》がなかったのだが、女王の口利《くちき》きもあり、レポートの出来しだいで二年への進級を許してもらえることになったのだ。

まずは、普通《ふつう》の生活を取り戻さなくては。

リーリン・ユートノールとしての、普通の生活を。

激動だけが、人生ではないのだ。

02 燃える人

サミラヤ・ミルケは燃えていた。

燃える瞳《ひとみ》でポスターを見つめていた。

そこには自分がいる。サミラヤ・ミルケの名がある。支援《しえん》してくれる人たちが写真に笑顔《えがお》を求めたが、彼女は頑《かたく》なにまじめな顔を押し通した。

自画自賛だが、そこには凜《りん》とした雰囲気《ふんいき》が宿っていると思う。偶像《アイドル》になりたいわけではない。そこまでの器量は自分にはないとわかっている。それなら、この表情で自分がこれにかけている意気込みを理解して欲しいと思う。

サミラヤは、次の生徒会長の座を狙《ねら》っていた。

来年度には五年生になる。この一年は生徒会の中で雑用をして過ごし、経験も蓄積《ちくせき》した。もうすぐ前生徒会長となるカリアンの仕事ぶりを見つめ続けた。

ただ、まじめなだけが取り柄《え》の人間だった。だからクラス委員になってしまい、そしてなんとなく生徒会の仕事を手伝うようになっていた。

全《すべ》てがなんとなく、流れるように、いまの場所にいる。

だが、いまのサミラヤは燃えている。生徒会長になりたいと強く思っている。

「どう!?」

だからサミラヤは勢い込んで聞いた。

校舎の一角、サミラヤにあてがわれた候補者用の空間だ。そこではいま、選挙対策会議が行われている。

「ん〜微妙《びみょう》」

めがねの奥でやる気があるのかどうかという顔をして、レウ・マーシュは手にしたクリップボードに視線を落としていた。十人ぐらいで会議ができるこの部屋にはサミラヤとレウしかいない。

サミラヤがレウに尋《たず》ねたのは、とある雑誌が行った街頭アンケートによる結果だ。編集部に知り合いがいるということで、レウが内密に結果を横流ししてもらったのだという。本当は悪いことだとわかっているのだが、結果はやはり気になる。

そして、レウは残念な結果だという。

「トップ集団は横並びなんだけど、でも下位と上位にもそんなに差がないし」

レウは一学年下なのだが、クラス委員会議で知り合い、同じ都市出身ということで仲良くなった。

「やっぱり、復興のドタバタでみんな選挙への興味が薄《うす》いのかもね。なんせ、前歴とか知名度とかなら、サミが一番、低いはずなのに」

来年には二十歳《はたち》になるというサミラヤだが、小柄《こがら》な部類に入るだろうレウよりも身長が低い。そしてなにより、落ち着きという一点ではレウの方が勝《まさ》っている。彼女がサミラヤを『サミ』と呼ぶようになるのはごく自然な流れだった。

支援者は他《ほか》にもいるのだが、彼らはその多くが現生徒会の関係者である。サミラヤも生徒会の関係者であるし、他にも現生徒会関係者の立候補者はいる。だが、この会議に他の支援者がいないのは、公平さを保つためという理由ではなく、単純に忙《いそが》しいからだ。復興計画はあらかた終了《しゅうりょう》しているが、その後始末のためにやるべきことが山積みになっている。来年からのことも大切だが、いま片付けなければならない問題も大切だ。

そういう雰囲気が、生徒会だけでなく一般《いっぱん》生徒の間にもあるのだとしたら、選挙に対する関心の薄さというのも納得《なっとく》かもしれない。

「こういう場合、いざ選挙になったら知名度の高い人に自然に票が流れていきそうよね」

レウがそう嘆息《たんそく》する。

だが、サミラヤはそう考えなかった。

「横並びなんでしょ？　それなら可能性は悪くないってことよね。それに、いまから知名度を上げたらいいんじゃない！」

「どうするのよ？」

サミラヤのそんな前向きさを知っているレウは、戸惑《とまど》うことも呆《あき》れることもなく尋ねた。

「知名度と言ったら武芸者！」

サミラヤの元気な返事は行動開始の合図でもあった。


「ん？　レウか、どうした？」

そしてサミラヤとレウがやってきたのは、三年生のある教室。

そこで次の授業の準備をしていたニーナは、いきなりサミラヤに手を取られた。

「あなた、選挙に興味ない？」

「は？」

目をキラキラさせて尋ねてくるサミラヤにニーナは戸惑った。

「あ、ああ、あなた……生徒会長候補の」

ニーナはポスターを覚えていた。だが、ポスターは顔ばかりで全身が写っていない。まさかこんなに身長が低いとは思っていなかった。

「サミラヤ・ミルケ。よろしくね！　それで、どう？　選挙手伝ってくれない？　いまならもれなく武芸科長のイスが待ってるわ！」

「そこまでダイレクトに言ってくる人は初めてですよ」

ニーナは苦笑《くしょう》する。

「あら、もう他にも声がかかった？」

レウの質問に、ニーナは頷《うなず》く。

「二人ほどわたしのところに来た。……っと、その前に場所を変えないか？」

クラスの視線が自分たちに集まっていることにニーナは居心地《いごこち》の悪さを感じた。

「問題ないわ！」

だが、サミラヤは動じない。

「わたしは、いまのわたしの考えをちゃんとしっかりはっきり、他の人にも伝えたいの。そうしたら、間違《まちが》ってたら誰《だれ》かが言ってくれるわ。いまのわたしはニーナ・アントークさんを必要としているの。そのことをちゃんとはっきり伝えたいの」

「いや、それはもう、十分に」

助けを求めて寮《りょう》仲間のレウを見たが、彼女は肩《かた》をすくめただけだった。

こういう人なのよ。と、表情が物語っている。

だが、その後でニヤニヤと笑っている理由はなんだろう？

とりあえず、サミラヤの考えを「間違えている」と指摘《してき》する級友は存在しなかった。

ニーナ自身、自分がどうして選挙闘争《とうそう》に巻き込まれるのか、その理由は他の候補者から聞いていた。納得はしていないが。

第十七小隊は今期の武芸大会で目立った存在だからだ。ニーナ自身が三年生であり、下級生を中心とした小隊。小隊対抗《たいこう》戦での成績は三位だったが、武芸科長率いる第一小隊、ゴルネオ率いる第五小隊との戦いは、それほど実力差が存在したとは思われていないという。さらに武芸大会でもマイアス戦では潜入《せんにゅう》隊として激戦の地に赴《おもむ》いている。

若い力の芽生えの象徴《しょうちょう》として第十七小隊はあると、彼らは言った。

それは、ニーナがかつてシャーニッドのいた時代の第十小隊に見ていたものと似ている。あるいは同じかもしれない。ならば、人にそう思ってもらえるのは光栄な話ではある。

だが、そのために選挙に利用されていいという話でもない。

「すいません。他の方にも言ったのですが、わたしはまだ未熟者です。武芸科長という役職は、わたしには重すぎます」

「大丈夫《だいじょうぶ》よ。後ろのレウはあなたと同学年だけど、この選挙でわたしが勝ったら副会長よ」

「え？　うそ、聞いてない」

レウが驚《おどろ》いた顔をしていた。

「え？　うそ、言ってなかったっけ？　カリアン会長は副会長を置かなかったけど、わたしはいるわよ。レウに手伝ってもらわないと」

「選挙だけの話だと思ってたのに……」

レウが頭を抱《かか》えている。

さきほどとは言っていることが違《ちが》うような気がするが、彼女の様子から本当に言い忘れていただけのように見えた。

意外に迂闊《うかつ》な人でもあるようだ。

「ね、やりましょう」

サミラヤの笑みは、幼さの残る純朴《じゅんぼく》な花のようだった。

ポスターでは、むりに頑張《がんば》ってまじめな顔をしているように見えたが、こちらの方が彼女らしいのではないかと思った。

それでも、ニーナは首を振《ふ》った。

「本当にすいません。わたしはまだ、武芸者としてやりたいことがあります。武芸科長という役職は無理です」

「そっかぁ」

握《にぎ》りしめられていた手からゆっくりと力が抜《ぬ》けていく。その顔は本当に残念そうで、ニーナは罪悪感を抱《いだ》きそうになった。

「うん、それじゃあしかたないよね」

しかしすぐに彼女はあの笑《え》みを浮《う》かべてニーナを見た。

「でも、生徒会長になったときにはたすけてよね、小隊長さん」

「それはもちろん。第十七小隊でやれることがありましたら、いつでも」

「うん、それじゃあ待っててね。きっと、このツェルニを良くしてみせるから」

明るく宣言する彼女の姿が、ニーナには一瞬《いっしゅん》だがツェルニと重なった。

「さあ、本命が駄目《だめ》だったわけだけど、次はどうしよう?」

サミラヤ・ミルケはくじけない。

廊下《ろうか》を歩きながらレウに尋ねる。

「いや、いきなりニーナのところに行ったのはサミの判断だから」

思いついたら即《そく》行動はサミラヤの美点であり欠点であると思う。他人の意見を聞き入れる度量はあるのだが、その意見を聞くよりも先に行動してしまうこともありえるのだ。特に今回のことはそうだ。

さきほど、レウがニーナに笑いかけていたのはそういう部分がニーナに似ていると思っているからだったのだが、彼女にはレウの気持ちは通じなかったようだ。

『ま、人って自分のことが見えていないしね』

そう思いながら自分の考えを伝えていく。

「武芸者を味方につけるのは賛成。だけど、わたしならニーナには声をかけない。人気は確かにあると思うけど、実際に彼女が武芸科長なんかになる可能性があったら反発も出てくるわ」

「なんで？」

「若いからよ。人気があるっていうのは反感もあるってことよ。特にニーナにはぽっと出の印象があるし、なにより第十七小隊を立ち上げたときにいろいろと悶着《もんちゃく》も起きてる。彼女を快く思わない武芸科生徒は絶対にいるはずよ」

それに、猪突猛進《ちょとつもうしん》型の人材は二人もいらない。とはさすがに、口にはしない。

「うーん、そっか。彼女も大変なんだね」

ニーナの立場に立った感想に、レウは呆れた。実際の年齢《ねんれい》はともかく、あなたも若く見えるから敵ができるかもよとは言わない。こんどは気を遣《つか》ったのではなく、言っても無駄《むだ》だからだ。

「それなら、誰?」

「誰……って、そんなの決まってるじゃない」

レウの言葉に、サミラヤは少し考えて自分で答えを出した。

そういうわけで、授業を一つ挟《はさ》んで次に訪《おとず》れたのは五年生の教室だった。

ゴルネオは、一人、教室で難しい顔をしていた。その雰囲気《ふんいき》は人を近寄らせない。教室にもなにか緊張《きんちょう》した空気が流れていて、ひどく居づらそうだとレウは思った。

「ちょっと、お話ししましょうって空気じゃないね」

扉《とびら》の前で空気を感じ取ったレウは教室に足を踏《ふ》み入れられなかった。

だが……

「なんで?」

サミラヤは気にしない。彼女はこの空気を感じていないかのように大声で「失礼します」と言うと、まっすぐにゴルネオの下《もと》に向かった。

ゴルネオと並ぶと、サミラヤの体がさらに小さく見える。

「なんだ?」

迷惑《めいわく》げな低い声にも、彼女は動じなかった。

「はじめまして、わたしは四年のサミラヤ・ミルケです。実はお願いが……」

「選挙の話ならお断りだ」

「なんだ、こちらの用はわかってるんですね、なら話が早いです」

「だから、お断りだと」

しかし、サミラヤは話を聞かない。

「わたしが生徒会長になったら武芸科長になってください」

「だから断ると……」

「でも、ゴルネオ先輩《せんぱい》以外に、誰が武芸科長を務められるのですか？」

「そんなことは……」

「ゴルネオ先輩は五年生で第五小隊の小隊長で、隊の実力は現武芸科長のヴァンゼ先輩の次にいます。武芸者としての実力としても、人を率いる者の実力としてもゴルネオ先輩の上にいる人はいません。武芸科長になられるのはごく自然なことのように思えます。それなのに、どうしてお断りなさるのですか？」

ニーナのときとは違う。勢いではなく、論《せ》で攻めようとしている。そのことにレウは驚いた。

「おれは、上に立てるほど人ができちゃいない」

その言葉は、サミラヤの後ろで聞いていたレウにもわかるほど苦みに満ちていた。なにか、悔《く》いるようなことでもあったのだろうか。そしてそのために彼の雰囲気はこんなに荒《あ》れているのだろうか。

「ゴルネオ先輩の人ができていないのなら、わたしなんてただの世間知らずです。それでも生徒会長になりたいと思いました。なって、やりたいことがあります。だからお願いします」

サミラヤの素直な言葉には不思議な力がある。強引であるということもそうだが、百万言を弄《ろう》するよりも強い力があるようにレウは思う。

それをぶつけられているゴルネオはたまったものではないだろう。ニーナにその熱意がぶつけられなかったということは、実はサミラヤ自身も本能的に彼女では武芸科長は無理だと思ったからだろうか。

ゴルネオは低く唸《うな》ったきり言葉を失ったようで、サミラヤのまっすぐな瞳《ひとみ》に彫像《ちょうぞう》のように身動きしないまま晒《さら》されている。その、ひどく居心地《いごこち》悪そうな表情に思わず同情してしまいそうになった。

だが、この様子では他の候補者の生徒会人事候補にゴルネオの名はないに違いない。あるいは彼に断られたからこそ、ニーナの下《もと》に説得が行ったのかもしれない。

だとすれば、ここでゴルネオの承諾《しょうだく》を得ることができれば、それは他の候補者に対してかなりの差を付けることになる。

（がんばれ）

思わず、レウも熱くなった。

「おれはいま、そんなことを考えている余裕《よゆう》はない」

ゴルネオがそう言うのと、授業開始のチャイムが鳴るのは同時だった。そしてそれは、この段階での時間切れを示している。

レウたちは教室を去るしかなかった。

†

授業が終われば放課後となる。レウはいささか不安になりながらもサミラヤを迎《むか》えに行ったが、彼女はまだ帰り支度《じたく》をしているところだった。

「さあ、ゴルネオ先輩のところに行きましょう」

しかし、不安が的中していたのも確かだった。

「ちょっと待ちなさい」

レウは頭痛を堪《こら》えて、勇んで五年生の教室に向かおうとするサミラヤの襟《えり》を摑《つか》んだ。

「なによう？」

「落ち着きなさい」

そう言って、サミラヤを引きずってレウは自分たちの会議室に移動する。

「で、なんなの？」

簡易イスで拗《す》ねて足をぶらつかせるサミラヤの様子は、まったく年上にも、生徒会長を目指している人物にも見えなかった。

「説得するって言ったって、どうやって説得する気なのよ」

「それは……熱意をぶつける？」

「考えなしのおばかさん」

「なによー」

「熱意でどうにかなるなら、止めてないわよ」

「なに、なにか方法があるの？」

期待に目を輝《かがや》かされても、困る。

「方法というか、まずは情報収集。ゴルネオ先輩と直接話したことはないけど、ニーナから聞いた話だと、あんなに機嫌《きげん》の悪そうな人にも思えなかったのよ」

愛想《あいそ》が良いというわけではなさそうだが、だからといってあんなにも教室の空気を悪くするような人物とも思えない。

となれば、そこにはなにか、理由があるはずだ。

「まずはその理由を見つけて、できることなら解決の手助けをする。そうすれば貸しも作れるし、向こうの好感度も上がると思わない？」

「むー、それってなんかズルイ感じ」

「それなら、相手の困ってることにはなにもしないで、こっちだけ困ってるんです～助けてください～って言うわけ？　そっちの方が都合が良いと思うけど」

「そんなに怒《おこ》んないでよー」

「怒るわよ」

ちょっと自分でもズルイかなと思っただけに、正面からそう言われるとむっとしてしまう。だが、相手が困っているのなら、それを助ける度量があってもいいのではないかとは、思う。

「じゃあ、まずは情報収集しましょう」

慌《あわ》てた様子のサミラヤに、まだ機嫌の直らなかったレウだが、それでも動こうとした。

そのとき、部屋に誰《だれ》かが入ってきた。

「こんにちは、がんばってる？」

入ってきたのは現生徒会の書記の一人であるセリーヌだ。

「あ、先輩」

「これ、会長から差し入れ」

セリーヌが示したのは、ケーキの箱だ。

「わ、すいません。でも、いいんですか？」

「いいのよ、他の候補者たちにも配ってるから」

「じゃあ、お茶を淹《い》れますね」

レウは水を汲《く》むために部屋を出た。セリーヌは現生徒会の書記だが、五年生であり、来年もツェルニに残る。そしてサミラヤの支援《しえん》者の一人でもあった。

「ああ、それなら知ってるわよ」

戻《もど》ってくるとセリーヌがそんなことを言っていた。

どうやら、水を汲みに行った間にサミラヤが事情説明をしたようだ。

「この間の戦いで副隊長のシャンテさんが入院してね、まだ出てきてないのよ」

前回の騒動《そうどう》では多くの負傷者が発生した。その多くはすでに完治して退院しているのだが、中にはいまだに意識不明であったり、後遺症《こういしょう》で通院している生徒もいるという話だ。

レウは自分の知っている男性武芸者がひどい戦いだったと話しているのを聞いている。彼もまた傷を負ったのだが、後遺症もなく無事に退院できている。それでも、なんとなくにかを引きずっている顔をしているのはわかっている。

前回の騒動は、それだけ重く武芸者たちの心に受け止められているのだ。

「じゃあ、その、シャンテさんという人のことが気になって、あんなに機嫌が悪かったんですね」

「でしょうね。個人的なことはわからないけれど、二人は仲が良さそうだったから」

セリーヌの言葉にサミラヤは大きく頷《うなず》いた。

「それなら、シャンテさんが回復するように、わたしたちも応援《おうえん》すればいいんですね」

レウもその方法しかないだろうと思う。

「それだと、選挙には間に合わないかもしれないわよ」

だが、セリーヌはレウよりも冷静だ。カリアンの下で生徒会運営の現場を直接見ている彼女には、レウたちにはない落ち着きがあった。

「もちろん、彼を生徒会人事候補者に名を連ねさせれば、それだけで優位に立てる。生徒会人事候補者の名簿《めいぼ》は、生徒会長候補者の人脈や交渉《こうしょう》能力をそのまま示しているから。彼の名前を他の候補者たちが挙げられていないのであれば、それは本当に、やってみる価値はあることだけど」

「でも……時間、ですか？」

「そう。こういう心のケアは時間のかかるものだし、そして投票日は来月よ。他の候補者の人たちはもう、別の武芸科長候補を挙げているのではないかしら？」

まだ決まっていない他の科の候補者も探さなければならない。演説での草稿《そうこう》もつくらなければならない。やるべきことは山ほどあるのだ。

だが、武芸科長はそういう意味では他の科の候補者よりも重視しなければならないところもある。

やはり一般《いっぱん》生徒、一般人にとって武芸者の長が誰なのかは気になるのだ。それはいざとなったときに自分たちを護《まも》る者として、武力を持つ者の象徴《しょうちょう》としてそこに立つからだ。

「でも、ゴルネオ先輩《せんぱい》がだめだとなると……？」

「人気的には第十七小隊のニーナ・アントークさんね」

「いえ、もう断られました」

「そうね、彼女はこういうことは無理かもしれないわね。だとしたら、その次は第十四小隊のシン・カイハーン、第三小隊のウィンス・カラルドのお二人かしら」

名前を挙げたセリーヌ自身が微妙《びみょう》な表情をしている。実力的には第十七小隊と同じ三位集団にいるシン・カイハーンだろう。だが、彼は小隊対抗《たいこう》戦を観戦した限りでは、少し軽《けい》薄《はく》な印象がある。ニーナの元いた隊の上司でその性格も聞いているが、軽薄という一般的な印象はマイナス要素だ。

ウィンスはそういう意味ではシンと真反対だ。ニーナや現武芸科長ヴァンゼに近い性格だろう。だが、こちらは逆に硬《かた》すぎる印象がある。硬すぎてもヴァンゼやゴルネオのような迫力《はくりょく》があればまだなんとかなるのだが、彼のそれは神経質という面に集中しているようにみえる。小隊レベルの小さな組織の隊長ならそれでいいかもしれないが、武芸科全体を統率《とうそつ》するのでは、もう少し柔軟《じゅうなん》さが欲しいように思う。

贅沢《ぜいたく》を言っている。それはわかっている。だが、実績、そこから来る信頼《しんらい》感、隊を動かしている際の柔軟性、そして見た目の印象から来る安心感、サミラヤを生徒会長として据《す》えたとき、隣《となり》に立つ武芸科長としてゴルネオ以上の逸材《いつざい》はいないのだ。

「ああ、一つ、大穴があるわね」

サミラヤとレウの表情を見て、セリーヌが加える。

「誰ですか？」

「レイフォン・アルセイフ」

それはもう、冗談《じょうだん》としか聞こえなかった。

そしておそらく、それは冗談に違《ちが》いない。しかし彼女は自分の言った冗談の結果を気にすることなくお茶とケーキを楽しむと、仕事が残っていると生徒会室に戻ってしまった。

「さっきのセリーヌさんの意見、どう思う？」

とりあえず武芸科長の問題は置いておくとして、他の人事候補者たちの整理をしているとサミラヤがそんなことを言った。

レウは嫌《いや》な予感がした。なにしろ勢い重視のサミラヤだ。ここでレウが変なことを言ったら「よし決まり」と言って突《つ》っ走《ぱし》りかねない。

「どうかな？　あたしはあんまり賛成できないかな」

レイフォン・アルセイフのことを頭に浮《う》かべる。

ニーナの隊に入った新一年生。その実力は群を抜《ぬ》いていて、おそらく武芸科長のヴァンゼをも凌《しの》いでいる。ニーナも彼の実力は「凄《すご》い」としか表現しない。友達の武芸者も彼の実力は凄いと言っている。専門的な話になるとよくわからないが、要約すればその一語になってしまう。

小隊対抗戦を見る限りでも、一般生徒にとって武芸者の実力はそこでしか確認できないのだが、それを見たレウの印象もまた「凄い」だった。

そうおそらく、レイフォンは武芸者として凄い人物なのだろう。最近はないようだがフアルニール戦の前あたりでは、彼個人に訓練してもらいたくて体育館一つが開放されたぐらいなのだ。そういうことになってしまう人物の話をレウは聞いたことがない。

人気という面ではニーナを凌駕《りょうが》しているかもしれない。その分嫉妬《しっと》も多いだろう。だが、彼の武芸者としての実力は、おそらくそれらを沈黙《ちんもく》させてしまうに違いない。良くも悪くも武芸者には実力主義的な部分が根底にあると思っているし、おそらくは間違《まちが》っていない。

個人としての実力、そこから生まれた彼の偶像《ぐうぞう》的部分を利用する……そういう考えはなしだとは思わない。

だが、その後を考えればやはりそれだけではだめではないだろうかと思ってしまう。普《ふ》段《だん》の凡庸《ぼんよう》な雰囲《ふんい》気《き》を知っているだけに特にそう思う。

「だよねー」

意外にもサミラヤは同意した。

「サミ、レイフォンに会ったことあるの？」

「ううん」

驚《おどろ》いた顔のレウに、サミラヤは首を振《ふ》った。

「でも、なんかピンとこないのよね、彼」

サミラヤは天井《てんじょう》を見ながら呟《つぶや》く。

「そりゃ、小隊対抗戦ぐらいは見たことあるから、彼が強いのはわかるし、人気があるのも知ってるけど。……うーん。なんかそういうことじゃなくて、うまく言えないけど、違うって思うんだよねー」

「ふうん」

サミの感覚にほっとしながら人事の整理をする。各科の科長は収まるべきところに収まる感じになる。これぱかりは他の候補者たちもそう変わらないだろう。

やはり問題は武芸科長だ。

「どうしようか？」

「うん」

「それは、シャンテ先輩を、ってこと？」

頷くサミラヤに、レウはしばし考える。

「うーん。同情してますって態度は良くないし。それにいきなり病院に行ったところでなんかあざといわよね」

「うん、だよね」

「となると……うーん」

さすがにレウもすぐに名案は浮かばない。

「とりあえず、シャンテ先輩が実際にどうなのか、それと彼女の好物とかも一応調べたりしないとダメかな」

「じゃあ、好物調べはレウに任せるね」

「え、ちょっと」

「わたし、とりあえずお見舞《みま》い行ってみる」

「こら」

「心配しなくても、ゴルネオ先輩には見つからないよーにするから」

レウが止める間もなく、サミラヤは出て行ってしまった。

「しまった、油断した」

レウはため息の後に、そういえば演説の草稿をまだ考えていないことに気がついた。

「あたしが作るってこと？」

頭が痛くなってきた。一体、誰《だれ》が立候補すると思っているのかと、想像上のサミラヤに文句を言うが、しかしそれもまた虚《むな》しい行為《こうい》でしかなかった。

実際に病院を訪《おとず》れたサミラヤは言葉もなかった。

個室のベッドに眠《ねむ》っているシャンテは、試合で見たことがあるように赤い髪《かみ》の、小さな女性だった。サミラヤも自分が小さいことを自覚しているが、シャンテもまた小さい。

そして、意識不明だった。

身体的にどこにも問題はない。だが、目覚めない。そんな状態のまま今日に至るのだという。教えてくれた医師に礼を言い、足早に病院を出た。

校舎に戻る気力もなく、かといって戻らなくては荷物を放《ほう》っておくことになるし……どうすればいいのかわからなくなり、サミラヤは見つけたベンチに座り込んでしまった。

「うう……」

自分は考えなしなのだろうか。

前回の騒動《そうどう》からそうとう経《た》っている。普通《ふつう》の重傷者はもうほとんど退院しているというのは、サミラヤだって知っていたことではないか。それなのに、いまもなお入院している。

その事実を軽く考えすぎていたのだろうか。

生きているのに、目覚めない。

そこにどんな可能性が隠《かく》されているのか、それを考えるとサミラヤはゴルネオの苛立《いらだ》ちが理解できたような気がした。

現在の医学は脳と剄脈《けいみゃく》以外は治せると豪語《ごうご》している。脳だって、記憶《きおく》を捨てても良いのならば治せるとさえ言われている。

しかし、体を治しても、そこにどんな問題もないとしか判断できないのに目覚めなかったら医学はどうするのか？

目覚めを待つ人間はどうすればいいのか？

考えが足りなかったと思うのはこの部分だ。

「うわぁぁぁぁ」

小さく長く、サミラヤは声を漏《も》らした。進むときは全力で進む、落ち込むときは思いっきり落ち込む。それがサミラヤだった。中間は、存在するのかもしれないが自分ではよくわからない。

いまのサミラヤは全身全霊《ぜんれい》で落ち込んでいた。どうすればいいのか自分ではわからなかった。目覚めないシャンテを、自分の選挙のために利用しようとした――たとえ自分自身でその浅はかさを自覚していたとしても――自分の愚《おろ》かさを責めずにはいられなかった。

「うう、やっぱり他《ほか》の人に頼《たの》むしかないのかなぁ」

それでもまず自分を取り巻く問題について考えてしまうのは、サミラヤだからか、あるいはそれが人だからか。

「あの、大丈夫《だいじょうぶ》ですか？」

声をかけられ、顔を上げると、そこには一瞬《いっしゅん》だけ話題になった人物がいた。

「レイフォン・アルセイフ」

「あの、どこか気分でも？」

彼は見知らぬ人物に名前を呼ばれても特に驚くことはなかった。小隊対抗戦などで顔を出している。こういうことはよくあるのだろう。

「う、ううん。ちょっと、自分の考えなしに落ち込んでるだけだから」

「……もしかして、生徒会長候補の人、ですか？」

「うん、そう。サミラヤ・ミルケ。よろしくね」

「あ、どうも」

ここ最近の癖《くせ》から握手《あくしゅ》をしてしまう。戸惑《とまど》いながら顔を見合わせた二人はなんとなく気まずくなった。

『はぁ……』

二人揃《そろ》ってため息を吐《つ》き、今度はびっくりしてお互《たが》いを見る。

「……なに？」

「い、いいえ、なんだろう？　先輩《せんぱい》を見てると、なんとなく」

「なによー、落ち込んでたら悪いっていうの？」

「そういうわけじゃなくて、ええと、僕も、なんというか」

「もう、勝手に落ち込まないでよ」

唇《くちびる》を尖《とが》らせて抗議《こうぎ》したが、なんだかレイフォンが落ち込んでいるのはサミラヤとは関係がなさそうに思えてきた。

「なに？　あなたも前の戦いでなにか落ち込むことがあったの」

「…………」

「あ、ごめん、ごめん！」

見る間に表情を暗くしていくレイフォンに、サミラヤは焦《あせ》った。

「う、すいません」

「もう、とにかく、座って」

「はい」

二人並んでベンチに座る。

しかし、座らせてから後悔《こうかい》した。暗い気分の二人が並んでもなんの救いにもならない。

黙《だま》ってお帰り願えば良かった。

「……それで、あなたはなにがあったの？」

「いえ……」

「もう、言えないの？」

「すいません」

「もう！」

ならば帰れとは、座らせた手前言えない。サミラヤはふくれっ面《つら》になりながら誰もいない前方を睨《にら》み付けた。

「あの、先輩はどうして？」

「なに、自分の悩《なや》みは言えないのに、人のは聞くの？」

「う、すいません」

再びの沈黙《ちんもく》。しかしすぐにサミラヤはそれに耐《た》えられなくなった。

「ねぇ、戦うのってそんなにしんどい？」

「え？」

「戦ってる人の気持ちって、わたしたち一般《いっぱん》人にはわからないから。意見を聞いておきたくて」

「それは……しんどいと思うときもありますよ」

「そっかぁ……」

ぽつりとした呟きに、サミラヤはそう呟いた。それ以上の感想なんて出てきそうにない。

「大変だよね。身近な人がいなくなったりとか、簡単にしちゃうんだから」

「誰か、いなくなったんですか？」

「君、気遣《きづか》いって言葉知ってる？」

「すいません」

「まぁ、わたしじゃないんだけどね。それにいなくなったわけじゃないけど。でも、もしかしたらいなくなるより辛《つら》いのかも」

「…………」

「いるってわかってるのに、話せないのってやっぱ辛いんだろうなー」

「それは……」

「うん、まぁ、わかってるのよ。それでも生きてかなきゃいけないわけで。とくに生徒会長なんてものを目指してるわたしは、生きてる人のことを考えなくちゃいけない。ツェルニには大人がいないわけだし、誰でも大人になっちゃうわけだし、目の前の現実を無視するわけにもいかないのよ」

それで、一つ大きく息を吐く。頭の中を一瞬で整理する。言葉を選ぶ。

「でも、学園都市にいる人はもっと早くにいなくなる。卒業って形で。それは死んだってことではないけど、学園都市のルールに則れば、それは死んだことと同じ。その人たちの協力は仰《あお》げない。その人の顔を見ることはできない。たぶん。同じ都市出身とかでもないかぎりは、二度と会わないと考える方が理性的。それは、それぞれの人の中では死んだこと同じなのよ。もう、想《おも》い出の中にしかいないんだから」

「………………」

「想い出は、なにかの慰《なぐさ》みにはなるかもしれないけど、それ以上のものにはならない。そういうことなのよ。そうよ、そう……」

いつの間にか、考えはゴルネオのことではなく、自分のことになっていた。

生徒会長になりたいと燃えている理由はなんだったか。

「目の前にある。でもそれに捕《と》らわれていいわけでもない。誰に対して胸を張るか、なにに対してわたしは誇《ほこ》りたいのか。そういう問題なのよね」

「あの……」

「ああごめん。一人で納得しちゃってた。つまりね、こういうことなのよ」

サミラヤは得意になっていま思いついたことを説明した。

「問題なのは、いまの自分を人に見せて恥《は》ずかしくないかってことなのよ」

「はぁ」

レイフォンの目にはなんの意思の輝《かがや》きも見られなかった。曇《くも》っているのだ。だが、それが彼の普段《ふだん》の凡庸《ぼんよう》的なものなのか、それともなにか暗いものを引きずっているためなのか、判断はできない。普段の彼を知らないのだから、それはしかたのないことだった。

そしてサミラヤは自分が気がついたものを話したくてたまらない。

「ここは学園都市なの、一年ごとに人が入《い》れ替《か》わる。わたし自身も六年しかいられない。常に前進する世界なのよ。そんな場所でのんびりとはしていられない。なにかができるはずなのよ。なにがしたいのかははっきりしているのよ。だからやるの」

「……でも、失敗したり、なにも見つけられなかったりしたら、どうすればいいんですか？」

それはレイフォンの内面から吐き出された痛切な叫《さけ》びだった。しかしサミラヤにはそれはわからない。彼の事情を知らない。ニーナやフェリであれば、あるいはそれで言葉が途《と》切《ぎ》れてしまったかもしれない。知っているからだ。

だが、サミラヤは知らない。彼の言葉にどこか必死さが窺《うかが》えたような気がしたが、しかしそれで躊躇《ちゅうちょ》することはなかった。

「失敗したって良いじゃない。それを悔《く》やんでいる時間の方が惜《お》しいわ。見つけられないなら、なんでもやってみればいい。わたしなんて本当のところ、生徒会長ができる器《うつわ》かどうかもわからないわよ。友達に頼《たよ》りっぱなしだし、あんまり人に当てにされてないって感じるときだってあるし、選挙だって当選するかどうかもわからない。でも、やりたいの。

だからやるの。ダメだったらそのときはそのときで、別のことを考える。なぜならわたしにはやりたいことがわかっているから」

言葉の勢いに押されて、サミラヤは立ち上がっていた。小さなサミラヤでも座ったままのレイフォングらいは見下ろせる。そして見上げている彼の瞳《ひとみ》にある暗いものが、動揺《どうよう》に揺《ゆ》れていることだけはわかった。

「無責任かもしれないけど、動けるなら動けばいいと思うよ。でも、休みたいなら休んでも良いんじゃないかな。さっきと言ってることが違《ちが》うかもしれないけど、学園都市には六年もいることになるんだから。それに、ここにいる間は間に合わないことでも、卒業した後ならできるかもしれない。ツェルニにいるのは六年だけど、あなたの人生が六年で終わるわけじゃないんだから」

「でも……」

「武芸大会は終わったの。ツェルニにとっての嵐《あらし》は去った。来年は休みの年よ」

サミラヤはそう宣言すると、もう足を止めなかった。やるべきことは見つかった。ならばもう動くしかないのだ。それがサミラヤ・ミルケだ。

走りながら、ふと思ったことを考えた。

レイフォン・アルセイフのことだ。

彼を武芸科長にしようという話。

（だめね。なんだかとっても頼りなさそうなんだから）

しかし、その頼りなさの何割かは、なにかの暗い影《かげ》に足を摑《つか》まれているからではないかとも感じた。武芸科長にはならなくても、その暗い影はいつかちゃんと晴れてくれればいいとは思う。

なぜなら、彼はツェルニの生徒だから。

しかし、そう考えたのも一瞬《いっしゅん》。

うまい具合に停留所に止まった路面電車に飛び乗ったときには、サミラヤはいかにゴルネオを説得するか、そのことばかりを考えていた。

その後、サミラヤ陣営《じんえい》から発表された生徒会人事候補に、ゴルネオ・ルッケンスの名が載《の》ることになる。

03 送る人

一通の手紙には短文が記されていた。

『近く、行く』

どういう意味なのかと考えないでもない。送信者の住所が書かれていないのはいつものことだが、発送元にはケルネスの印が捺《お》されていた。

「なに考えてやがる」

シャーニッドは呟《つぶや》くとその手紙を握《にぎ》り潰《つぶ》した。ケルネスという名が気になる。彩薬《さいやく》都市ケルネス。その言葉は意味以上にシャーニッドに苦みを与《あた》えた。

来るのだろう、あいつが。

しかし、どういうつもりで？

そしてどうしてケルネスなのか。

握り潰した手紙は拳《こぶし》の中で荒《あら》く丸まり、かすかな痛みを与える。武芸者にとっては、そして一般人にとってもたいしたことがないはずのその痛みが、いまは奇妙《きみよう》な存在感の主張をしているようでたまらない。

シャーニッドは部屋を出た。

いつも通りの授業をなんとなくこなし、そしてなにも考えることなく練武館《れんぶかん》に赴《おもむ》いた。

しかし、練武館には入れなかった。建物の本格的なメンテナンスが始まっていたのだ。

そういえばニーナがそんなことを言っていたといまさらながら思い出し、シャーニッドは頭を掻《か》く。

「どうしたもんかね？」

もてあますような感覚があの日以来ずっとある。それはおそらく、あの、グレンダンの騒動《そうどう》があまりにも激しすぎたからだ。あれからけっこうな時間が過ぎ、壊《こわ》れた建物が新しくなっていく姿を眺《なが》めているというのに、シャーニッドの感覚だけは、あの日から止まっているように感じられた。

自身、それほどあの場で活躍《かつやく》できたとは思えない。戦うために使ってはならない。あくまでも急場の逃走《とうそう》用だと教えられたものを戦うために使いはした。しかしその場面が、あの状況《じょうきょう》の中でどれほどの意味を持っていたのか、おそらくはたいした意味は存在しなかった。ただ、自分たちが、自分たちだけが生き残るためだけに使い、そして顔も知らない連中があの状況を終わらせた。

「……英雄《えいゆう》願望なんてものが、まさかおれにあるとはね」

いまの虚無感《きょむかん》は、そういうことなのだろう。なにもできていないということを痛感している。

しかし、あのときの選択《せんたく》が間違《まちが》っていたとは思えない。

かつて体験したことがないほどに激しかった。その激しさがいまだシャーニッドの体から抜《ぬ》けきらない。

そういうことでもあるはずだ。

あの場でやれることはやった。自身の実力のほどを見誤《みあやま》ることなく、そして対処しきれないような事態に巻き込まれないように立ち回り、生還《せいかん》した。

それは正しい選択だ。

死んではなにもできない。動けなくなってはなにもできない。目指したものも、得たいものも、死んでしまっては意味がない。

そんなことを考えながら、気がつくと病院に向かっている自分がいた。

受付の前を通り過ぎ、入院患者《かんじゃ》のいる病棟《びょうとう》に向かう。外来患者のいる区画とは違い、この辺りには独特の静寂《せいじゃく》がある。看護師たちが行き交《か》い、見舞《みま》い人や患者同士での会話、音はそこかしこにあるのに、なぜかそれは反響《はんきょう》することなく、ひどく静かになにかに吸収されて、消えていく。雑音が雑音として存在しない。そんな静寂は、シャーニッドにはどうしても違和感《いわかん》として受け止められてしまう。

階段を上って目的の階に辿《たど》り着《つ》く。場所はわかっているが、過ぎていく病室の番号を確《かく》認《にん》しながら、目的の場所に近づいていくのを覚悟《かくご》する。

それは、ここに来たときのシャーニッドの儀式《ぎしき》であるとも言えた。

それほど来てはいない。だが、それほどという程度には来ている。彼女には建前上来ていないようなことを言っているが、しかし、来ないという選択をすんなりとできるほどに、なにかを割り切ることもできない。

進む先にはディン・ディーがいる。

友となり、そして決別した人間がそこにいる。

「なんだお前は！」

静寂を破ったのは激しい威嚇《いかく》の声だった。

「シェーナ？」

病院の雰囲気《ふんいき》を一瞬で引《ひ》き裂《さ》いた声に、空気が硬直化《こうちょくか》した。シャーニッドは走り、病室の前に辿り着く。

個室のドアは開け放たれ、そして怒《いか》りに燃えるダルシェナの顔と、その前に立つ男の背中、そして、周囲の空気を無視して窓の外を見つめるディンの姿があった。

それはなにやら、おかしな劇のように思え、シャーニッドは言おうとした言葉を飲み込み、その場に立ち尽《つ》くした。

「シャーニッド」

ダルシェナがこちらに気付く。

「ん？」

こちらに背を見せていた男が、その言葉で振《ふ》り返《かえ》った。ツェルニの人間とは思えない。薄汚《うすよご》れた旅衣が包むのは、二十歳《はたち》かそこらのシャーニッドでは決して手に入らないような鍛《きた》え上げられた肉体だ。

こちらを見ようとする横顔。そこにあるのは見知ったもの。

なんておかしな劇だと思う。

ここには、知らない顔が存在しない。知っている顔三つが、出会うはずがないと思っていたものが、こんな形で対立している。

「よう、息子《むすこ》」

男は、シャーニッドに向かってそう言った。

身長で頭一つ分、体はほぼ一回りほど、男の方が大きい。そして男は、シャーニッドの持つ容姿的甘さを保ちつつ、風雪を浴び続けた岩のような厳しさをも持ち合わせていた。

エルラッド・エリプトン。

それが男の名前だ。

「親父《おやじ》、なんでここにいる？」

「手紙は送っただろう？」

「ああ、昨日受け取った」

「なんだ、同着か。これだから手紙って奴《やつ》は信用できない」

エルラッドはそう言い捨てると、やや困ったような笑《え》みを浮《う》かべて、シャーニッドとダルシェナを見比べた。

「知り合いか？　なら説得してくんねぇかな。おれは仕事でここに来たんだ。だがこの姉ちゃんは、それの邪魔《じゃま》をする」

「なにをっ……!!」

エルラッドの言いぐさに、ダルシェナはいまにも錬金鋼《ダイト》を抜きそうだった。

「仕事って、なんだよ？」

思わぬ事態の中で、シャーニッドは自分が落ち着くことを第一に考えた。誰《だれ》も彼もが感情のままだと話も事態も進みはしない。

「この……」

そう言って、父の大柄《おおがら》な体にしてはやや細い親指で、いまだ我関せずを貫《つらぬ》き通《とお》すディンを指した。

「坊《ぼっ》ちゃんを故郷に帰す仕事だ」

「それが親父の仕事か？」

「ああ。こちとら根無し草だ。内容と金額の折り合いが付けばなんでもやる」

エルラッドの背後からこちらを見るダルシェナの視線がシャーニッドを捕《と》らえ、一段低い温度となったことを感じた。そろって軽蔑《けいべつ》しているのだろう。

「治療《ちりよう》ならここでもできるだろう。病人抱《かか》えて放浪《ほうろう》バス乗るとか、無謀《むぼう》じゃないか」

「病人っても、点滴抜《てんてきぬ》いたら死んじまうような類《たぐい》じゃねぇだろ？　世話する連中なら他《ほか》にいる。べつにおれがおむつの世話をするわけじゃない」

「貴様《きさま》っ！」

それは、侮辱《ぶじよく》と受け取られても問題のない発言だった。そして、父親が故意にそう言ったのもシャーニッドにはわかった。息子の鎮火《ちんか》作業が無為《むい》に終わることを悟《さと》ったのだ。

そうなるべくしてなることではあるにしても、父親にそう悟られる、そしてそれがわかってしまう自分が苦々しい。

「シェーナ、止《や》めろ！」

だがその瞬間《しゅんかん》は、なにはともあれ友人を止めなければならない。

しかし、シャーニッドの言葉は間に合わない。火の点《つ》いたダルシェナを止める力はない。

錬金鋼《ダイト》を抜き放つ、復元する、飛び込み、突《つ》き込む。その動作をほぼ同時に行った。決して広いとは言えない個室に風が吹《ふ》いた。床《ゆか》が砕《くだ》ける。ディンのなにも映さない瞳《ひとみ》は、やはり窓の外を眺めていた。

突き出された突撃槍《とつげきやり》を、エルラッドはこちらを見たまま、素手《すで》で摑《つか》んだ。金属の震《ふる》える音が爆発《ばくはつ》した空気を瞬《また》く間《ま》に握り潰す。

「なっ……」

自分の腕《うで》の先にある結果に、ダルシェナは信じられない顔をしていた。

「少し落ち着こうや、お姉ちゃん」

エルラッドが振り返り、ダルシェナに語りかける。引き寄せられ、その力に逆らえず彼女と父親の顔が接近した。

「なにもすぐに持って帰ろうって話じゃない。こっちにだって準備があるしな。ま、バスは自前だから、そんなに長い話でもないが」

「うう……」

槍《やり》を放せば逃《のが》れられる。そうとわかっていてもできるものではない。ダルシェナの必死の抵抗《ていこう》を片手で抑《おさ》えつけたエルラッドを、彼女は嫌悪《けんお》の表情で見ていた。

「親父、もう止めろ」

「ふん」

エルラッドが手を放すと、ダルシェナは尻餅《しりもち》をついた。

「そういうわけだ、息子。こいつは持っていく。久しぶりに会ったんだ、少しは親子の仲でも確認しようや」

「気持ちの悪いことを言いやがる」

吐《は》き捨《す》てるように言うと、エルラッドは笑いながら病室を出て行った。

シャーニッドは、それを見送る気になれない。

ダルシェナが悔《くや》しげな表情で立ち上がろうとしている。ディンはやはりなにも起きていないかのごとく窓の向こうを眺めている。

「くっ」

ダルシェナが、こちらを睨《にら》む。

ここにいられる雰囲気でもなく、しかしもしかしたら彼女が再びエルラッドを追いかけるかもと考えればこの場を動くわけにもいかず、シャーニッドは途方《とほう》に暮れて立ち尽くすしかなかった。

エルラッド・エリプトン。

職業、傭兵《ようへい》。

経歴と言えばただそれだけしかない父親と都市から都市へと渡《わた》り歩《ある》いて何年になるのか、物心ついたときには放浪バスに乗っていた。一所に落ち着いたことなどはない。ツェルニに四年もいるということが、シャーニッドにとってはもはや信じられない事態だった。

だが、居心地《いごこち》が悪いわけでもない。

そんな日々を一度壊《こわ》したのは、間違いなく自分だ。

そのツケが、まさか父親という形で現われるとは、思うはずもない。

ダルシェナに追《お》い払《はら》われるように病院を出たシャーニッドは、やはり途方に暮れるしかなかった。

なにか対策をと考えるのだが、なにも思いつかない。

こんな日が来るのではないかと考えたこともあったが、想像の中でも答えを見出《みいだ》すことはできなかった。

まして、そこに父親がいるなど、想像の中の可能性ですら考えていなかった。

「ああ、くそっ」

やっと、そう吐き出すことができた。それで事態が解決するわけではないが、自分が苛《いら》立《だ》っているという事実に、ようやく気付くことができた。それは、前進できるということなのかもしれない。どこに辿り着けばいいいか、いまだにわかっていないが。

「どうするよ？　おい」

一人呟《つぶや》き、病院を見上げる。

前述したが、その可能性を考えなかったわけではない。ディンの症状《しょうじょう》が改善されない以上、それはツェルニの医療《いりょう》技術では彼をこれ以上治癒《ちゆ》することは不可能であるということでもある。ましてここは学園都市。学ぶ者たちの都市。未熟であるという以上に、なにかの実験にディンが使われてしまう可能性が存在しないわけではない。意識が戻《もど》らない患者を呼び起こすための医療技術開発のために、なんらかの実験が行われてしまう可能性は、当たり前に存在するのだ。

それは、これから存在するかもしれないディンと同様の状態に陥《おちい》った患者《かんじゃ》たちのためにはなるかもしれないが、ディンにとって良いことであるかはまるで未知数だ。

そんな状況《じょうきょう》に、かつての親友を置いていて良いのか？

そういう疑問が起こってしまう。

ならば、連れ帰ってもらった方が良いのではないのか。

ディンの家は彩薬《さいやく》都市ケルネスの武芸者一族でも、上流階級に位置すると聞いたことがある。家庭環境《かんきょう》に不満があり、都市を飛び出したと語っていた。

そんな彼が、ツェルニを守るためにとはいえ、故郷に助力を求めたことにどれほどの覚《かく》悟《ご》や、それによって生まれる屈辱《くつじょく》があったのか、考えると叫《さけ》び出したくなる。そこに追い込んだ一因は、間違《まちが》いなく自分にあるのだとわかっているだけに、余計に、そう感じる。

ダルシェナの怒《いか》りの目を、久しぶりに見た。壊れたと思いながらも手放しきれないなにかを、本当に失うときが来たのだ。

「いや、違《ちが》うか？」

ある意味で、いまのディンはダルシェナのものとなっている。そう考えることもできる。

「歪《ゆが》んでるな」

なにが？　ダルシェナがか？　そんな下衆《げす》な考えを浮かべてしまう自分がか？

後者に決まっている。

ダルシェナがどうであるということは、いまは関係ない。ディンを手放せないという意味ではシャーニッドだって同じなのだ。彼がいなくなるかもしれないという事実を前にして、こんなにも動揺《どうよう》しているのだから。

「どうしたもんかな？」

もう一度呟き、シャーニッドはやっと病院から離《はな》れることができた。

どうにもならないという答えしか、頭に浮かんでこない。

しばらく進み、角を一つ曲がると病院の姿が見えなくなる。

「よう」

そこで、エルラッドが待っていた。

「親父……」

「久しぶりだ、ちっとは親子の会話でもしようじゃねぇか」

「ずっと側で見守ってたのか？　愛に泣けるね」

殺到《さっけい》でずっとシャーニッドの様子を眺《なが》めていたのだろう。そうでなければ、こんなにも都合良くいくわけがない。

「感動的だろ？」

自分と似た瞳が愛嬌《あいきょう》を演出する。それがどうにも憎《にく》らしくてしかたがない。

シャーニッドはため息を吐いた。

『とりあえず、きれいなお姉ちゃんがしっとりと話し相手をしてくれる店に連れて行け』

と言うので即断《そくだん》で拒否《きょひ》した。飲酒店はあるが、まだそれらが開くには時間が早い。

「つまんねぇ都市だな」

「ここをどこだと思ってんだよ」

「若い花摘《つ》み放題。お、そうだ。おれを教師として雇《やと》う気はねぇかな？　いまなら格安にしとくって偉《えら》いさんに言ってくれよ」

「ああ、そん時は喜んで親父《おやじ》の体に縄《なわ》打って外縁《がいえん》部から蹴《け》り落としてやるよ」

「なんだよ独《ひと》り占《じ》めか？　なんならこれからは息子《むすこ》ではなく兄と呼んでやっても良いぞ」

「とりあえず、死んでみてくれよ」

うんざりとした会話を続けながら適当な店に入る。雰囲気《ふんいき》のある喫茶店《きっさてん》には、客は少なかった。

「なんだよ」

「うるせぇ、まだ早いんだよ」

「発情したガキに時間なんて関係あるか」

「お前の脳みそはなにでできてんだ？」

「おれ理論」

胸を張ってそう言える人間など、そうはいない。そして、そうはいない人間のための場所は、この世界にはない。シャーニッドは黙《だま》って周りに他《ほか》の客のいないテーブルを選んだ。

「で、なんでこんな依頼《いらい》を受けたんだよ」

注文して店員が去るのを確認《かくにん》するとそう尋《たず》ねた。

「ま、たまには親らしく息子の顔でも確認してみるかっていうのもあるな。まさか依頼品がお前の知り合いとは思わなかったが」

「物扱《ものあつか》いすんなよ」

「ふむ？」

エルラッドは窮屈《きゅうくつ》そうにイスに体を預けながら片眉《かたまゆ》を上げた。

「ああ、そうだな。知り合いか。いかんな、おれはどうもそこら辺の感性がない。悪い悪い」

まるで悪びれた様子のない謝罪に、しかしシャーニッドは「いいよ」と首を振《ふ》った。

父親がどういう人間かは知っている。だから、これ以上なにかを言ったところで、このことで意識が改善されることはないだろうこともわかっている。

「それで、あの子とはもうヤったのか？」

お茶を持って来た女性店員がエルラッドの言葉にギョッとした顔をし、そしてシャーニッドに軽蔑《けいべつ》の視線を投げかけていった。

シャーニッドはしかめっ面《つら》で父親を見た。

こういう人間だ。十分にわかっている。いまさら恨《うら》みに思ってやしないが、自分の母親が誰《だれ》かわからないことは当然だろうと納得《なっとく》してしまう。

しかしまぁそれはいいのだ。いまさら、自分の母親が誰だか知りたいわけではない。知ったからといってシャーニッド・エリプトンという人間が変わるわけではないし、なにより、こんな父親に子供を預けてしまうような女だ。劇的なドラマでも秘《ひ》されていない限り、ろくでもない事実を知ってしまうに違いない。

なにより、いまの自分がそれほど嫌《きら》いではない。

いまの状況を作ってしまったことを悔《く》いている以外は、と付くが。

「なんだ、もしかしてまだヤってないのか」

まるで、天変地異でも訪《おとず》れたかのような顔をして、息子を見ている。

「信じられん。おれがお前ぐらいのときなら狙《ねら》った女には一瞬《いっしゅん》とて隙《すき》を与《あた》えなかったものだが」

「うるさいよ。あんたの人生後追いしてるわけじゃないだろ」

「ま、それもそうだ」

あっさりと引き下がる父親を、シャーニッドは煮《に》え切《き》らない想《おも》いで睨み付ける。

「そんなことより、親父。ディンを持って帰らないで金ゲットみたいな離れ業《わざ》は考えつかないのか？」

「なんだ？　自分の目的を人任せにする気か？」

「ちっ……」

「それはできん」などという定型の反論を期待したが、しかし父親はそんな性格ではなかった。

「おれに親子の情を期待しているのなら、あのガキの親のことも考えてやれ、依頼主は親だ」

言葉もない。正論としか受け取れなかった。

「なにより、ここでは治せなかったんだろ？　彩薬都市は勁脈《けいみやく》加速薬の後遺症治療《こういしょうちりょう》に秀《ひい》でているぞ」

「なんだって？」

「阿呆《あほう》が、だから彩薬都市はいまだに勁脈加速薬を作ってんだろうが」

それもまた、正論かもしれない。

後先考えない愚か者《おろもの》たちの都市……そういうイメージがシャーニッドの中で勝手に作られていた。ディンもそれをことさら否定はしなかった。あるいは、己《おのれ》の力の向上をひたむきに考えていたディンにとって、薬に頼《たよ》るという行為《こうい》そのものが許せなかったのかもしれない。

それもまた、あいつらしい考えだと思う。

「それとお前……」

「ん？」

「使いやがっただろ？　おれが教えた倍力法」

「…………」

「しかも感じからして、逃《に》げを打つのに使ったわけじゃないな。馬鹿野郎《ばかやろう》が」

「しかたなかったんだよ」

背筋に寒気を感じながら、シャーニッドはそっぽを向いた。もうかなり経《た》っている。あの後、剄脈疲労《ひろう》のような症状が出て、一日病院の世話になったのも事実だ。だが、いまではなんの問題もない。

それなのに、エルラッドの目はそれを見逃《みのが》さなかった。

「しかたなくはねぇよ」

エルラッドの目は冷たい。

「戦いってのは勝つための状況を作るところから勝負が始まってんだ。土壇場《どたんば》の逆転みたいなものを操作するところまで、それは含《ふく》まれてんだよ。素の実力が足りないのにそんなことをするのは、未熟だって証拠《しょうこ》だ」

「……もうどうやったって勝つ目がないってときは、どうすんだ？」

「逃げの一手だ。言っただろうが、そのための倍力法だ」

シャーニッドは本気で天井《てんじょう》を見上げた。

父親の想定する場面には『敗北は濃厚《のうこう》だが、それでも退《ひ》けない場面』というものは存在しない。そうなったときには逃げるべきだと考えている。

それで都市が滅《ほろ》ぶのなら、都市から逃げ出す。

つまりはそれが、傭兵《ようへい》、エルラッド・エリプトンの考え方であり、人間性ということであり、そして負ける要素の存在しないこの依頼を、エルラッドが諦《あきら》めることはない。そういうことであった。

†

翌日。

良い考えが出てくるわけもなく、シャーニッドはぼんやりと日を過ごすしかない。練武館はメンテナンスのため使えなくなり、小隊の訓練も長期の休暇《きゅうか》に入っていた。

復興計画も終了の目処《しゅうりょうめど》が立ち、都市全体になんとなく弛緩《しかん》した空気が漂《ただよ》っている。

それは、いまのシャーニッドにはありがたくなかった。

どれだけ考えても、ディンは彩薬《さいやく》都市に帰った方が良い。結論は出てしまっている。だが、その変化がシャーニッドには好ましくない。

「どうすりゃいいってんだ？」

やることのない放課後、特に目的もなく校舎区を抜《ぬ》ける道を歩きながらシャーニッドは嘆息《たんそく》した。

「あれ、シャーニッド先輩《せんぱい》」

ぼんやりと歩くシャーニッドに声をかけてきたのはハーレイだった。見れば、ハーレイは動力付きの台車を押していた。大型の貨物運搬《うんぱん》車両を極力動かしたくないという都市運営の中で作り出された電動式台車であり、荷台に荷物を載《の》せた状態ならば、押し手も乗ることができる。いまは荷物がないために、ハーレイは台車を押していた。

「よう」

「暇《ひま》そうですね」

「おう、暇だぜ」

いつもの調子を保ちつつ、答える。そのことに苦を感じない。

「それより、なにしてんのよ？」

ここは錬金科の校舎からは離《はな》れている。そんな場所で空《から》の台車を押している理由がわからなかった。

「ああ、これは借りたんですよ。ちょっと引《ひ》っ越《こ》しの手伝い」

「引っ越し？」

この時期は下級生たちがちらほらと引っ越し先を探す時期ではある。空いていれば引っ越しをする者もいるだろうが、卒業生の後を引き継《つ》ぐ連中が動き出すのはまだしばらく先だ。

「聞いてないです？　レイフォンが新しい部屋を見つけたの」

「んにゃ」

「それの手伝いに行くんですよ」

「へぇ」

ここ最近、レイフォンは低調気味で、小隊訓練にはほとんど顔を出していない。その理由がわかっているシャーニッドとしては放《ほう》っておくしかないと結論づけている。傷心を癒《いや》すのは時間しかない。より正確に言えば、シャーニッドはそれしか知らなかった。

ならばいまの問題も、時間が過ぎれば解決するのだろうか？

「暇してるし、レイフォンの新居とやらを見に行くかな」

「手伝ってくださいよ」

「おう。乗れ」

ハーレイが助かったという顔をして、荷台に乗る。シャーニッドは台車のハンドルを掴《つか》むと動力のスイッチを入れ、アクセルを全開に回した。

ハーレイが悲鳴を上げ、見とがめた風紀委員が怒鳴《どな》り声《ごえ》を上げる中、シャーニッドは全速力で校舎区を抜け、レイフォンの第一男子寮《りょう》を目指した。

「誰、これ、改造したの？」

男子寮に着いたときにはハーレイは力尽《ちからつ》きていた。

「なかなか、面白《おもしろ》いなこれ」

「いや、普通《ふつう》こんな速度出ないから。くそう、改造車掴まされた」

「ま、おかげで時間短縮できたってことだ」

ハーレイの背を叩《たた》いて門を抜けると、すでにレイフォンが荷物をまとめて待っていた。

「おいおい、荷物それだけかよ」

彼の足下《あしもと》に置かれているのは、いつも使っているスポーツバッグに入学のときに使ったものだろうトランクケース、さらに梱包《こんぽう》箱三つという程度のものだった。

「家具は寮のものだし。服とか教科書以外は処分しましたから」

「やれやれ、無趣味《むしゅみ》にもほどがあるな」

「これでも増えたんですよ」

「そうだろうな」

あのトランクケース一つでやって来たのだろうことを考えれば、増えたと判断しても良いに違《ちが》いない。

「まぁいいや。すぐに終わるのは良いことだ」

頭を切り替《か》えると、すぐに荷物を台車に載せる。荷台に荷物があれば、バランスを崩《くず》して前輪が浮《う》くということもない。ハーレイが先ほどと比べればおとなしめに走り出し、武芸者二人が追いかける。

「で、どこに越したんだよ？」

「倉庫区の近くです」

「うへっ、マジかよ」

そう言いながらも二人の実力からすればそれほどの距離《きょり》でもない。まして、一般《いっぱん》人のハーレイが運転する台車に速度を合わせた走りだ。話をしながら追いかけるぐらいは普通にできる。

……とは言っても、話す内容などなにもなかった。

一見して、レイフォンは復調に向かっているかのように見える。どこか焦点《しょうてん》の定まらないような表情は、戦闘《せんとう》時以外のレイフォンの特徴《とくちょう》のようなものだ。

だが、あるいはこれが曲者《くせもの》なのかもしれない。シャーニッドは思う。

この、どうとでも取れる表情の中にレイフォンは自分の中で未整理になっているあらゆるものを放り込んでいるのかもしれない。そう考えることもできるのではないか、シャーニッドは思った。

たとえば、自分のいまの気分を知られたくなくて、飄々《ひょうひょう》とした自分をごく自然に演じるように。

レイフォンが意識的にそれをやっているとは思えない。だが、もしもシャーニッドの予想通りなら、彼は無意識的な防衛本能でそれをやっているのかもしれない。

(そう簡単に持ち直したりできるわけないわな)

途中《とちゅう》からツェルニへと退避《たいひ》してしまったシャーニッドは、あの後レイフォンがあそこでどういう経緯《けいい》を辿《たど》ったのか、その詳細《しょうさい》は知らない。全《すべ》てを知っているだろうフェリにしても、それを誰《だれ》かに語ることはなかった。おそらくはニーナも、生徒会長も知らないだろう。

だが、結果とその表情を見ればわかることもある。

クラリーベルに引きずられるようにしてツェルニに辿り着いたレイフォン。

そしてそのときの、魂《たましい》の抜けた表情。

それが全てだ。レイフォンは幼なじみであるリーリンを、物理的にも心理的にも取《と》り戻《もど》すことができなかった。

彼女がたとえツェルニに戻らなかったとしても、リーリンとレイフォンの間に理解が生まれていれば、あんな顔になるはずがない。

（ああ……）

レイフォンの状況《じょうきょう》に、いまの自分を当てはめる。

（ならおれは、なにを守りたいのか）

あるいは取り戻したいのか。

考えているうちに、目的地に着いた。


建物は古くさかった。

元来は白系統の色だったのだろう。だがいまは、長い歳月と風雨によってカビのような斑《まだら》な黒となっている。

「うっわ、マジか」

よくぞここまで生き延びたとシャーニッドは思った。

「場所が場所だけに人気がないし、かといって再利用しようにもしづらいしって感じかな」

ハーレイが生き延びた理由を予測した。

それはおそらく、間違《まちが》っていないのだろう。この辺りは一応区分として居住区となっているが、倉庫区が近く、そして繁華街《はんかがい》から遠い。倉庫区の場所的必要性から養殖《ようしょく》湖や牧場、農園などがある生産区からあまり離せないし、火災等のトラブルが起きやすい居住区や繁華街のすぐ近くに物資を置いておくのも危険ということで、自然、人の住みやすい場所から遠退《とおの》く。

ここは居住区という名の緩衝《かんしょう》地帯なのだろう。倉庫区が拡張する必要があればこの建物は壊《こわ》されていたかもしれない。しかしいまのところ、その必要性が生まれることはなかったようだ。

「聞いたときにも思ったけど、よくこんなところに引っ越そうと思ったね」

「路面電車の停留所は近いから、そんなに不便でもなさそうですよ」

「そりゃ、貨物運搬系の電車じゃないのか？」

唖然《あぜん》とするシャーニッドとハーレイを置いてレイフォンは荷物を運び込もうとする。シャーニッドたちもそれに続いた。荷物が少ない上に武芸者が二人もいる。運び込むのに往復をする必要もない。

部屋に入ると、すでに先客がいた。

「あ、レイとん、組み立てはもう終わったぞ」

玄関《げんかん》近くにいたため出迎《でむか》える形になったナルキがそう言った。

「あ、ありがとう。ごめんね」

「いいさ。簡単だからな」

声が聞こえてきたのか、奥からニーナも顔を出した。

「レイフォン、位置を決めてくれ」

「すいません、隊長。僕がやれば……」

「気にするな。ナルキも言っていたがこういうのは簡単に組み立てられるようにできている」

どうやら荷物を運んでいる間にニーナとナルキが家具を組み立ててしまったようだ。

「なんだよ、おれやることないじゃん」

シャーニッドがぼやく。

「なにを言う。そこにある電気家具の取り付けがある」

ニーナが指さした先には梱包箱に収められたままの家電品があった。

「うわぁ、細々とめんどくせ」

「ていうか、それ僕の仕事」

「お、そういやそうか。じゃ、おれ仕事なし？」

「力仕事は手伝ってくださいよ。とりあえず、箱開けて取り出すのとか」

「へいへい」

レイフォンはニーナたちと組み立てた家具を配置するためにすでに奥へ行っている。シャーニッドはいかにもリサイクルショップから安値で買ったと思われる家電品の箱を開けにかかった。

「……ん？」

そこで、気付いた。

いまシャーニッドたちがいるのはリビングだ。広さだけが自慢《じまん》といわんばかりのリビングには組み立て家具の梱包箱の残骸《ざんがい》があちこちにある。が、それだけでリビングがいっぱいになっているわけではない。

なにもない空間に、壁《かべ》に背中を預けて座っている人物がいる。

「なにしてんだ？」

フェリだ。

「暇《ひま》なので、読書を」

そう言って、フェリは手にした文庫本の頁《ページ》をめくった。

「手伝いは？」

「わたしに力仕事をやれと？」

「じゃ、なにをすんだ？」

「これです」

彼女の側《そば》には復元状態の重晶錬金鋼《バーライトダイト》が置かれていた。

「ん？」

「引《ひ》っ越《こ》しが終わった後のパーティをするための料理ですが、あと一時間ほどで完成の予定。その後、誰かに彼女たちを迎《むか》えに行ってもらいます」

どうやら、その連絡《れんらく》係としてフェリはいるようだ。

料理を作っているのは、メイシェンとミィフィか。なるほど、器具がそろっていない、しかも引っ越し作業で埃《ほこり》が舞《ま》っているだろうこの場所で調理をするよりは衛生的で効率的かもしれない。しかも店で頼《たの》むよりは安く済む。

いつも三人一組のナルキが一人でいる理由はそういうことのようだ。

「で、それだけ？」

「それだけですがなにか?」

「んにゃ、がんばってくれ」

どこかむっとした様子のフェリにそう言って、開けた箱から家電品を取り出す。

「ていうか、引っ越し知らなかったのおれだけかよ」

「ダルシェナ先輩《せんぱい》も知らないですよ。ていうか二人とも、武芸大会終わってからほとんど練習来てないからじゃないですか」

「そりゃごもっとも」

ハーレイの言葉に納得《なっとく》し、作業に集中することにした。

一時間もしないうちに大物の家電品設置は終了《しゅうりょう》した。ナルキが台車を持ってメイシェンたちを迎えに行く。レイフォンは細々としたものを収め、ニーナとフェリは梱包箱などを片付けて掃除《そうじ》を、ハーレイは細かい電気関係をチェックし始める。

やや手持ちぶさたになったシャーニッドはベランダに出てみた。ベランダからは倉庫区が一望でき、その先には都市の足、そして外の光景があった。

霞《かすみ》がかかったような白い荒野《こうや》の光景に意識が飛んでいく。

あの向こうにディンは消えていくのだ。

いつも、去るのはシャーニッドの方だった。

傭兵稼業《ようへいかぎょう》の父に連れられ、旅から旅と繰《く》り返《かえ》される日々、放浪《ほうろう》バスの席で眠《ねむ》ることに慣れ、ベッドだと眠れないこともあった。そんな日々だ。都市で知り合った同年代の者たちに別れを告げるのは、いつもシャーニッドの側だった。

去られたことがないのだ。

さようならを言う方が良い。心の準備を自分で付けることができる。だが、さようならを言われる方は、そうではなかったのかもしれない。

突然《とつぜん》に別れた幾人《いくにん》かの顔を思い出し、彼らのそのときの気持ちを考える。

それは、いまのシャーニッドと同じようなものだったのだろうか。

理不尽《りふじん》さを感じながら、どこかでしかたないと思っていたのだろうか。

こうして、エアフィルターという人間が簡単に越えられない不可視の壁を眺《なが》めて時を過ごし、そして癒《いや》されていったのだろうか？

そう……シャーニッドたちの知る第十小隊の前隊長。彼女が去ったときのことを思い出す。あの哀《かな》しみは癒された。あるいは癒されたと感じるしか寂《さび》しさを消す方法がないというだけの話だろうか。

学園都市に来てもう四年。自分はなにか変わっただろうか？

ベッドでは眠れるようになった。

とどまり続けることへの違和感《いわかん》もなくなった。

武芸の練習は一人でなくては本腰《ほんごし》を入れられない。それは変わらない。

自分を他人に明かすのはいまだに抵抗《ていこう》がある。

ああ、そういえば。

グレンダンの夜。レイフォンと腹を割った話ができたような気がする。

気恥《きは》ずかしいが、ああいう時間は悪いものではない。

そうだ。おそらく、学園都市とは、すくなくともシャーニッドにとってはそういうものなのだろう。

人間を知るために、シャーニッドはここにいるのだろう。

おそらくは。

自分でもよくわかっていない。突然、学園都市に行けといって去っていったエルラッドがそう考えていたかどうかはわからない。

だが、自分がこの学園都市ツェルニにいる理由、ここで学ぶべき最優先事項《じこう》があるとしたらそれに違《ちが》いない。

ならば、ディンと別れることは、もう顔を見ることはないだろう事実を受け入れることは、当然の流れなのか。

それを受け入れることが、人を知ることなのか？

「どうした？」

ニーナの声に振《ふ》り返ると、彼女はゴミ袋《ぶくろ》をベランダに置くところだった。情けない、人が近づくことがわからないほど考えに没頭《ぼっとう》していたのか。

「なにが？」

「いや、怖《こわ》い顔をしていたぞ？」

「ん？　そうか？」

「なにか悩《なや》みがあるのなら……」

「なんにもねぇよ」

いつもの顔を思い出す。必死でそれを取《と》り繕《つくろ》う。

「そうか？」

信じた顔ではなかったが、それでニーナは引き下がった。部屋の片付けはすでに終わり、レイフォンもほとんどなかった荷物の整理が終わっている。ハーレイだけが忙《いそが》しそうにあちこちを見て回り、なにかを提案している様子だ。レイフォンは驚《おどろ》いたり戸惑《とまど》ったりし、それをフェリが白けた顔で見つめている。

ああ……

悪魔《あくま》が囁《ささや》いた。

悪魔なんて、空想上の物語にしかいない存在が、いま、シャーニッドの耳元で囁いた。

レイフォンがいる。

ニーナがいる。

元天剣《てんけん》授受者という肩書《かたが》きを持ち、超絶《ちょうぜつ》の力を持つ武芸者がここにいる。

滅《ほろ》びた都市の電子精霊《せいれい》をその身に宿し、烈火《れっか》の如《ごと》き力を振るえる武芸者がここにいる。

彼らに頼めばいい。

たとえエルラッドが強力な武芸者だとしても、この二人に敵《かな》うはずがない。そして負けが濃厚《のうこう》な戦いを、エルラッドは好まない。

力尽《ちからず》くで、ディンの帰還《きかん》を防ぐことができる。

シャーニッドは彼らの先輩であり、隊の仲間であり、そしてともに激戦を駆《か》け抜《ぬ》けた仲だ。

頼めば、なんとかなるかもしれない。

ガラスの向こうで楽しげにしている友人たちに頼めばいい。

なに、あと二年だ。

シャーニッドが卒業するまで、あと二年。ディンも同学年だ。どちらにしろ、あと二年でこの都市を去らなければならない。それが学園都市の掟《おきて》だ。その掟まで破ろうと思っているわけではない。

ただ、あと二年、時間をくれとそう言えばいいだけのことだ。彼らの力を背景にすれば、その説得は可能かもしれない。

「……なに考えてんだろうな。おれは」

そんなことをあいつらに言えと？

どんな顔でそんなことを言えばいい？

想像も付かない。

いつもへらへらとお調子者を気取っている自分が、どんな顔をすればいい。第十小隊の戦いのとき、レイフォンだけを呼び出してした頼み事、あれでさえも自らの未熟を悔《く》やんだというのに、さらに悔やむことをしようというのか。

だが、悪魔はそれでも強くシャーニッドを誘惑《ゆうわく》する。

「ああ、まったく……」

ガラスの向こうで変化が起きる。ナルキが友人を二人連れてきたのだ。彼女たちは大量の弁当箱を抱《かか》えていて、そこにはあの人見知りの強いメイシェンの料理が詰《つ》められていて、その美味《おい》しさを合宿で体験している皆《みな》は歓声《かんせい》を上げている。フェリだけが少しだけつまらなさそうな、悔《くや》しそうな顔をしている。

「ああ、そうだよな」

シャーニッドは呟《つぶや》いた。

「こんな感じだったんだよ。昔はな」

シャーニッド、ディン、そしてダルシェナ。

三人でいたときのことを思い出す。取り戻《もど》しようのないその光景に引きずられている自分は、いつまで経《た》ってもこの輪の中に本心で溶《と》け込むことはできないのだ。

その後、夜遅《よるおそ》くまで皆でパーティをした。途中《とちゅう》からクラリーベルがお祝いを持って現われ、さらに騒々《そうぞう》しくなる。笑い疲《つか》れ話し疲れて皆が眠っていく中で、シャーニッドは一人、部屋を出た。

それから、シャーニッドは自分の部屋から出ることはなかった。

†

期限のときは来た。

シャーニッドは外縁部《がいえん》にある放浪バスの停留所にやってくる。

牽引機《けんいいん》で吊《つる》された、出発前の待機所にある放浪バスは、一台。私有物であることを示す特殊《とくしゅ》な配色のためか、待機所で出発を待つ人の姿は少ない。

放浪バスは、その全《すべ》てが交通都市ヨルテムの電子精霊《せいれい》と繋《つな》がり、都市の配置を常に把握《はあく》して走っている。だが、中にはこういう、旅人たちを乗せるためではなく、別の目的を持って都市間を動き回るバスも存在する。

以前にツェルニに来ていたサリンバン教導傭兵団《きょうどうようへいだん》の放浪バスがそうであり、そしてエルラッドを乗せてきた、おそらくはディンの実家の所有物であるこのバスがそうだ。

「よう、来たのか」

待機所で退屈《たいくつ》そうにしていたエルラッドが、そう言ってシャーニッドに手を振った。そのすぐ側には幾人かの大人がいて、そして彼らの中心に、守られるようにしてディンが車《くるま》椅子《いす》に乗せられていた。

その扱《あつか》いは、まるで重要人物を警護しているかのようだ。大人たちの全員ではなさそうだが、武芸者が含《ふく》まれている。

「ああ……」

シャーニッドは力なくそう呟くしかなかった。

車椅子のディンはこちらを見ることなく、外縁部からの風景をガラスのような瞳《ひとみ》で見つめていた。

答えなどあるわけがない。

選択肢《せんたくし》などあるわけがない。

こうして、ディンを見送る以外に道はないのだ。

「いや、まいったな。こっちの準備は終わったのに、外がだめだときたもんだ。風が落ち着かねぇと出られねぇ。行く先わかってても目の前わかってなかったらどうしようもないからな」

「ああ……」

そう言われて、初めて今日は都市外の風が強いことに気付いた。こんな風の日は、放浪バスはたとえ荒野のど真ん中にいたとしても、動かずにじっとしていることが多かった。目の前が見えないだけではない。強風によって運ばれてきた濃密《のうみつ》な汚染《おせん》物質とともに、汚《お》染獣《せんじゅう》が流れてくる可能性があるからだと、どこかで聞いた気がする。

そんな、いまはどうでもいいことを思い出して、再び父親を見る。

「なんか話したいなら、これが最後だぞ」

そんなことを言う。

「ま、お前ならこの都市出た後に彩薬《さいやく》都市行けば済む話だがな」

そうも言う。

自分の息子《むすこ》がどこかの都市に定住する可能性を考えていない。いや、普通《ふつう》に都市で生きる者よりも旅に対しての考え方が違うと思っているのか。

いや、そこまで深く考えているはずもないか。

「いい」

シャーニッドは首を振り、ディンを遠くから眺《なが》めるにとどめた。

なにを話せばいいのかもわからない。

自分が、ディンとなにを話せばいいのかわからない。言葉が届くのかわからない。そして、もしも届くのだとしたら、その言葉をあいつがどう受け取るのかがわからない。

ディンはいまだに、あのときのことを恨《うら》んでいるのか。晴れているのか。それは都合の良い考えか。

シャーニッドの足は動かない。ここからディンの背中を見ているしかできない。

「お前ぐらい諦《あきら》めがよけりゃいいのにな」

いきなりだ。

いきなり、エルラッドがそんなことを呟いた。

言葉の意味を探《さぐ》るより先に、シャーニッドの耳にもそれが届いた。

こちらに向かって走って……いや、跳《と》んでくる足音と風切り音。

「シェーナ……」

それだけではない。

彼女の、空《くう》を裂《さ》く荒々《あらあら》しい音とは別に、まるで大気そのものが避《さ》けるかのような静謐《せいひつ》な移動でシェーナを追尾《ついび》する者がいる。

二人の姿が、シャーニッドの眼前に着地する。

「馬鹿《ばか》、やろうが……」

噛《か》みしめた歯の隙間《すきま》から言葉が漏《も》れた。

レイフォンだ。

ダルシェナとともに立っていたのは、レイフォンだった。その腰《こし》には剣帯《けんたい》があり、そして錬金鋼《ダイト》がある。引《ひ》っ越《こ》しのときに見たのとは違う、鋭《するど》さのこもった表情で、ダルシェナの斜《なな》め前に立っている。

「おっと……こいつは厄介《やっかい》なのがいたもんだ」

エルラッドが、レイフォンの実力を即座《そくざ》に見抜《みぬ》いた。

だが、それにかまっていられない。

「シェーナ!」

シャーニッドは叫《さけ》んでいた。

「どうして、話した⁉」

どうして？　そんなことは、もうシャーニッドにだってわかっている。

悪魔が囁いたのだ。シャーニッドに囁いたように、ダルシェナにも同じことを言ったに違《ちが》いない。

正論とエルラッドの実力の前になにもできないのならば、より大きな力でその二つを押しのけるしかないと判断したのだ。

シャーニッドはそこで考えを止めた。実行に移すことを止《や》めた。

だが、ダルシェナは実行したのだ。

「貴様になにがわかる⁉」

苦悶《くもん》に歪《ゆが》んだダルシェナの絶叫《ぜっきょう》が、一帯に響《ひび》き渡《わた》った。

「簡単に諦めた貴様に、わたしの気持ちがわかるものか！」

その叫びは胸を突《つ》き、シャーニッドに次の言葉を言わせなかった。

「あー……とりあえず、状況《じょうきょう》の整理をしようか」

身構える護衛たちにさがるように指示し、エルラッドは二人を見る。

「この坊《ぼっ》ちゃんに行ってもらいたくない。それで実力行使ってわけだ？　いいんだな、それで？」

その問いはダルシェナに放たれたものだった。エルラッドは表情を歪ませる彼女だけを見て、レイフォンには視線をやらないようにしている。

この状況を動かすのは彼女だと、わかっているのだ。

しかし、気になる。

久しぶりに見る戦いに赴《おもむ》くレイフォンの顔には、異様な鋭さがあるような気がした。エルラッドがレイフォンを見た。それは、彼の放つ威圧《いあつ》に負けたからなのかもしれない。

「そっちの坊主《ぼうず》も。いいんだな？　こいつを治すのは、もうツェルニでは無理だ。彩薬都市なら治せる目がある。なによりこいつの故郷だ。いいんだな？」

エルラッドの言葉はどこまでも正論だ。正論に正論が積み重ねられると、若者は息ができなくなる。正しさと感情の境目がより分けられない。そこには経験によって生み出された技術が必要となる。感情を殺す、諦めという名の技術だ。

シャーニッドもまた息ができなくなっていた。ダルシェナは表情を歪め、レイフォンだけが鋭さを維持《いじ》している。

その瞳に宿る熱は、人助け以上のものがあるように思えてならない。

「正しさなんて知らない」

レイフォンは隣《となり》にいたダルシェナでさえも驚《おどろ》くほどに、はっきりと言った。

「なにが正しいのかなんて知らない。僕がいま動くのは、その人に行って欲しくないって気持ちを聞いたからだ」

ああ。

天を仰《あお》ぎたくなる。その気持ちを抱《いだ》いてレイフォンを見る。

泣きたくなるほどに、レイフォンはその気持ちに同調したのだ。リーリンという幼なじみを、距離的《きょりてき》にだけではなく心理的にまで失ってしまった痛みを、いま再び感じているに違いない。

馬鹿野郎《ばかやろう》が。

胸の中でだけ呟いた。その呟きは誰《だれ》に向けたものなのか、自分でもわからなかった。レイフォンか、レイフォンにこのことを教えたダルシェナか。

あるいはこんな事態に頼《たよ》られることなく立ち尽《つ》くすしかなかった自分にか。

「ちっ、しかたねぇなぁ」

うんざりとした様子でエルラッドが前に出る。その腰にあるくたびれた剣帯《けんたい》には三つの錬金鋼《ダイト》が収められている。レイフォンも、ダルシェナの横を抜《ぬ》けて前に出る。

抜く手が見えなかった。

エルラッドの両手で復元の光が点《とも》る。レイフォンの手にも。刀の形をした青石錬金鋼《サファイアダイト》が鋭い斬線を描《えが》く。描いた。

そして、それを受け止める交差した刃《やいば》。

銃《じゅう》だ。エルラッドの手には二丁の拳銃《けんじゅう》が握《にぎ》られていた。銃爪《ひきがね》のガード部分から取り付けられた形の短剣《たんけん》が交差してレイフォンの一撃《いちげき》を受け止めていた。

「銃衝《じゅうしょう》術……」

「なめるなよ、小僧《こぞう》」

エルラッドが吠《ほ》え。そして次の瞬間《しゅんかん》、消える。

殺到《さっけい》を瞬間的に行い、高速移動する高等技術。やったことはわかっていても、ではエルラッドがどこに移動したかはシャーニッドにはわからない。

しかし、レイフォンにはわかっている。

レイフォンは微動《びどう》だにしない。しかし刀は瞬時《しゅんじ》に動き、左側斜め背後に迫《せま》った刃を受け止めた。右利《みぎき》きの相手には一番の死角だ。しかしレイフォンは動くことなく対処する。

「やるな」

エルラッドの声だけがシャーニッドたちの耳に届く。その姿は再び殺到を併用《へいよう》した動きに惑《まど》わされ、視界から消えてしまう。レイフォンが動く。彼のいた場所に無数の銃弾《じゅうだん》が襲《おそ》いかかり、外縁《がいえん》部の舗装《ほそう》された地面に無数の穴が穿《うが》たれた。

エルラッドはレイフォンのすぐ側にはいなかった。お互《たが》いの実力をあの瞬間に判断して、得意の中・遠距離《えんきょり》戦へと切《き》り替《か》えたのだ。

現われては消える気配の連続に、シャーニッドの目はエルラッドを捕《と》らえきれない。レイフォンは遮《さえぎ》るもののない外縁部にいながら消えては現われてを繰《く》り返《かえ》すエルラッドに動じた様子もなく、放たれる弾丸《だんがん》の雨も移動でかわし続ける。

「………………」

レイフォンがなにかを呟《つぶや》いた。

右手の青石錬金鋼《サファイアダイト》が再び光る。剣身《けんしん》が解け、鋼糸と変じた。強力すぎると、生徒会命令で戦闘《せんとう》時以外は封《ふう》じられているはずの鋼糸形態への変化には、ハーレイの関《かか》わりがなければ実現するはずがない。

ならば、第十七小隊全員が知ったのか。

いや……

それならば、この場にニーナがいないのはおかしい。レイフォンの独断か。

話を聞いたときから、鋼糸の必要性を感じていたのか。

あるいは、いざという時に全力を出せないことを恐《おそ》れたのか。鋼糸よりも刀の方が得意なはずだが、それでも鋼糸を織り交ぜた戦いをグレンダンで続けてきたはずのレイフォンだ。自分の実力の、現状での最高を出せないことが許せないのか。

レイフォンが再び不動となる。彼の周りで無数の火花が散るのは、鋼糸が空中でエルラッドの銃撃《じゅうげき》を防いでいるからだろう。

その一方で青石錬金鋼《サファイアダイト》を左手に持ち替え、右手に新たな錬金鋼《ダイト》。簡易型複合錬金鋼《シム・アダマンダイト》を抜き、復元。夜を宿した刀身が現われる。

火花を散らす不可視の刃を纏《まと》いながら、暗黒の刃を引き連れて立つ。その姿に、シャーニッドはぞっとした。いままで、幾度《いくど》か激戦の中のレイフォンを見たことがある。だが、こんな顔をするレイフォンを見たことはない。ないはずだ。

やばいモノが引き出されようとしている。

本能的に、シャーニッドはそう感じた。消えては現われて銃撃を繰り返すエルラッドの顔には険しさがある。戦いの最中だからというだけではないはずだ。レイフォンが予想以上の強敵だったからか。それ以上のモノをエルラッドも感じているのか。

これ以上先にレイフォンを進めてはいけない。

理由はわからない。だが、シャーニッドはそう感じた。特に、レイフォン自身には関係のない私情の話であんな顔をさせ続けるわけにはいかない。

「おい、やめ……」

だが、言葉は続けられなかった。

不意の殺気に、シャーニッドは跳んだ。ダルシェナが突撃槍《とつげきやり》を構え、突き込む姿があった。

「シェーナ！」

「貴様に止めさせはしない！」

「馬鹿野郎！」

叫びながら、シャーニッドも錬金鋼《ダイト》を復元。その手に二丁の拳銃が現われる。着地点を狙《ねら》って疾《はし》走るダルシェナを、シャーニッドはあえて受けて立つ。拳銃を交差させ、突撃槍を受け止める。

「おれたちが、こんなことをしている場合じゃ……」

「ならばディンを連れて行かせるというのか？　あんな連中に。ディンの憎《にく》んでいた連中に」

「くっ」

そうだ。ディンは彩薬《さいやく》都市を、実家を憎んでいた。だからこそシャーニッドたちは彩薬都市の悪《あ》しき面しか知らなかった。

「そんなこと、わたしが許さん！」

力の拮抗《きっこう》が崩《くず》れる。近接戦闘もこなせるとはいえ、純粋《じゅんすい》な近接戦の世界に生きるダルシェナと力比べをして敵《かな》うはずがない。穂先《ほさき》が眉間《みけん》に吸い込まれようとするのを、力を流して回避《かいひ》する。

連続して放たれる突きから逃《のが》れようとするが、できない。第十小隊戦のときよりもダルシェナは成長していた。特に下半身が鍛《きた》えられている。まっすぐな突撃《とつげき》を足が粘《ねば》り強《づよ》く制御《せいぎょ》し、距離《きょり》を開けさせないようにしてくる。

拳銃に込められているのは試合用の麻痺弾《まひだん》だ。殺すことはない。シャーニッドは遠慮《えんりょ》なく銃弾を放ち。力任せにダルシェナを引きはがそうとする。

「…………っ！」

銃弾が脇腹《わきばら》をかすめ、ダルシェナが苦悶に顔を歪ませる。直撃《ちょくげき》ならば衝撃《しょうげき》と勁によって瞬時に全身に麻痺が効いてくるのだが、かすめただけではだめだ。

それでも、わずかに体勢が崩れたのを見た。これで決まってくれという願いは、しかし彼の持つ甘さの証明にしかならない。

「っ！」

苦悶《くもん》を気合いでかき消した彼女がすぐ側にいた。突き込まれた槍《やり》をすんでで避《さ》ける。しかし、刹那《せつな》の油断を突かれたシャーニッドは次手の対応が遅《おく》れた。

槍が爆発《ばくはつ》する。

突撃槍の穂先を強制除装したのだ。剄の爆発で分解した穂先は凶器《きょうき》となり、シャーニッドの脇腹を殴《なぐ》りつける。

「ぐう……」

肋骨《ろっこつ》のきしみを感じながら退避《たいひ》。しかしダルシェナは追ってくる。

その手には突撃槍に隠《かく》されていた細剣が握られている。突撃槍の乱暴な刺突《しとつ》は、細剣による精緻《せいち》な斬舞《ざんぶ》へと変化した。近接戦闘の中でも一撃離脱《いちげきりだつ》の部類に入る突撃槍の戦いから、一対一を想定した剣撃戦へと移り変わり、シャーニッドの対処能力を超《こ》えていく。

ダルシェナの錬金鋼《ダイト》とて安全装置が外れているわけではない。刃引きされた細剣は、しかしそれでもシャーニッドの体のあちこちに引きつるような傷を作った。

こんなことをしている場合じゃない。際限なく繰り出される斬撃をかわしながらシャーニッドは考える。

レイフォンの様子を見ている場合ではないが、さっき見た彼は普通《ふつう》の様子ではなかった。この戦いは止めなければならない。喪失《そうしつ》を防ぐための戦い。そんな場所にいまのレイフォンを投げ込んではいけなかったのだ。

「くっそ……」

その一言で覚悟《かくご》を決める。あからさまにわかる隙《すき》を作る。かわすのに必死になるような攻撃《こうげき》だが、それは同時にダルシェナの混乱も読み取れる攻撃だった。彼女本来の戦いのようでありながら、迷いを見ないですむ早期決戦を望んでいることもまた明らかだった。

だから、この隙には食いついてくる。

来るのは突《つ》きだ。

それもまたわかっていた。ダルシェナの突撃槍の戦い方が、細剣を使ったときにも影響《えいきょう》を与《あた》えている。決め技に突きを求めるようになっている。

自分で作った隙だ。来る場所もわかっている。

シャーニッドは、その場所に拳銃を放り捨てた手を伸《の》ばした。

たとえ刃引きをされていたとしても、高速で駆《か》ける先端《せんたん》を手のひらで受けようとすれば、そこには当たり前の結果が現われる。

激痛はあとからやってきた。自分の肉を金属が通り抜けていく感覚に怖気《おぞけ》を覚えながら、指を動かす。鐔元《つばもと》まで貫通《かんつう》していた手は、それで彼女の手を握りしめた。

絶句したダルシェナの顔が、すぐそばにある。

「ふざけんなよ」

痛みに耐《た》えながら、シャーニッドは歯を軋《きし》ませるようにして言葉を染《し》みこませる。

「おれたちの私情に、後輩《こうはい》を巻き込むな」

「なにを……」

「あいつを、おれたちと同じようなことにする気か」

その言葉で、ダルシェナは、あるいはこの場で初めてレイフォンを見たのかもしれない。

エルラッドと戦う彼を見たのかもしれない。

その黒い炎《ほのお》を帯びたような表情を見たのかもしれない。

「失ったばかりのあいつに、こんなもんを見せるんじゃやねぇ」

「しかし、それなら」

「ああ、おれも悪かったよ。やるべきことははっきりしてたんだ。それしかやることはないんだよ。おれたちには」

「なにを……」

問いを無視して、シャーニッドは細剣から手を抜《ぬ》く。痛みを無視して、叫《さけ》ぶ。

「そこまでだ！」

シャーニッドの叫びに、レイフォンも、そしてエルラッドも戦いの手を止めた。

「レイフォン、ありがとよ。だけど、これはおれたちの問題だ。シェーナの気の迷いにこれ以上付き合ってくれるな」

「でも……」

なにかを言おうとしたが、シャーニッドの手を見て息を呑《の》んだ。刃《やいば》が貫通したのだ。血は止まることなく流れ続ける。

それを無視して、シャーニッドは父親を見た。

「親父《おやじ》、賭《か》けをしよう」

「賭けだと？」

「おれたちが勝ったらディンを置いていく。なに、どうせ卒業まであと二年だ」

「負けたら？」

「連れて行け」

「おれには、なんのうまみもないぞ」

「おれの親父はすげぇんだって感心するね。こんな賭けに乗ってくれた時点で」

「はっ」

鼻で笑われた。

だが、その顔に浮《う》かんだ笑《え》みは了承《りょうしょう》を示している。シャーニッドは放り投げた片方の拳《けん》銃《じゅう》を拾い上げる。手のひらの傷は手の動きを阻害《そがい》する。それでもかまわず構える。

「しかし、馬鹿《ばか》な選択《せんたく》だぞ」

「あんたがやらない生き方をおれがする。親子ってのは別に模造品ってことでもないだろ」

「ふん。それで一人前になったつもりか?」

「大人にならない勇気も必要だな!」

シャーニッドは叫び、エルラッドに迫《せま》った。


「あー痛《いて》え……」

夕暮れが目に染みた。

いつの間にこんな時間になったのか、あるいは気絶していたのか、シャーニッドは痛まない場所がない体を冷たい舗装《ほそう》された地面に投げだし、空を見ていた。

粘って粘って粘ったつもりだが、それでもエルラッドを負かすどころか、本気にさせることさえもできなかった。途中《とちゅう》で『おれたち』と言ったことに気付いたのか、それともそんなこと関係なしだったのか、ダルシェナが乱入してきたが、それさえもエルラッドの実力の前ではたいした意味はなかったようだ。

手の出血は収まっている。そうでなければ大変なことになっていたかもしれない。戦いの途中で血が止まっていることには気付いていたが、見れば応急処置がされていた。

「大丈夫《だいじょうぶ》ですか？」

レイフォンが覗《のぞ》き込んで尋《たず》ねてくる。

「痛ぇ。だがまぁ、生きてるよ」

痛みで自分を診断《しんだん》する。一日入院か、三日ベッドで活剄《かっけい》しながら寝《ね》るかという感じだ。

骨に異常はなさそうだし、内臓にも問題ないだろう。

エルラッドは、最後の最後まで手加減し、そして容赦《ようしゃ》なくシャーニッドを痛めつけ……

「……行っちまったか」

シャーニッドの呟《つぶや》きに、レイフォンは無言だった。

「これで、よかったんですか？」

「まぁ、良かったんじゃねぇの？」

するりとシャーニッドの口から出てきた。なにかを装《よそお》う余裕《よゆう》はなかった。だからこの言葉に、嘘《うそ》はないだろう。

「どっちに転んだってどうなったもんだかわかんねぇんだ。ならもう、あとは自分がすっきりするかどうかしかないじゃねぇか」

その言葉を、レイフォンがどう受け止めたのかはわからない。

ゆっくりと上半身を起こすと、外縁《がいえん》部の端《はし》で都市の外を眺《なが》めるダルシェナの姿があった。

夕暮れに焼けた金髪《きんぱつ》が美しい、まぶしさに目を細め、シャーニッドは動かないダルシェナの背を眺めた。

04　惑《まど》う人

お疲《つか》れパーティというか、ただ人が集まれる機会があったからそうしただけというか、不思議な集まりだったような気がする。

レイフォンの引《ひ》っ越《こ》しになぜかみんな、集まってきた。荷物が少ないからそんなに大変じゃないという彼の言葉を遠慮と思ったのかみんなやってきた。

それは、みんなが彼を心配していたということなのだろう。彼自身が慰《なぐさ》めを人に求めていないような部分があるので、触《ふ》れるに触《ふ》れられなかったが、いまならそれができるとみんなが思ったのかもしれない。

その中に、自分も混ざっているのだが。

紙コップに満たされたジュースを飲みながらフェリは思う。

とにかく広いリビングにメイシェンが作ってきた大量の料理を囲んで、談笑《だんしょう》している。レイフォンにニーナ、シャーニッドにハーレイ、ナルキ、メイシェン、ミィフィの三人組に、後からクラリーベルもやってきて、もう話し声や笑い声が空間いっぱいに満たされて、破裂《はれつ》しそうになっていた。こんな類《たぐい》の騒々《そうぞう》しさはフェリもあまり体験したことがなく、空気に酔《よ》ってしまいそうになっていた。

「それにしても、ここって部屋はすごい良いよね」

ハーレイがリビングを見渡《みわた》してそう言った。

「こんな広さでこの家賃はちょっと魅力的《みりょく》かも」

「んーでも、近くになんもなさすぎだ」

シャーニッドが言い、当の、これからここに住むレイフォンが苦笑いを浮かべる。

「いや、僕もそう思ってたけど、ちょっと考えが変わったなぁ。この広さ、自分の研究室にするにはちょうど良すぎ。問題は機材だけど。ジャンク品とかで自作したらなんとかなるかな……」

そこまで言って、彼は自分の考えに浸《ひた》っていった。

「それにしても、これはちょっと寂《さび》しすぎじゃない？」

黙《だま》り込んだハーレイに代わって声を上げたのはミィフィだ。彼女が見渡すこのリビングには、フェリたちが持ち込んだ鞄《かばん》などの私物を除けばなにもなかった。

「完全に、持てあましてるよね」

「それは、これからなんとかするよ」

「えー、レイとんってなにげにケチだからずっとこのままだったりして」

「でも、練習器具とか置けば、すぐに埋《う》まってしまうのでは？」

言ったのはクラリーベルだ。グレンダンからレイフォンを引っ張ってきた彼女は、帰ることなくそのままツェルニに居着いてしまった。話では来期からの新一年生として入学手続きはすでに済ませているという。本格的にここに居座る気なのだ。

あっというまにミィフィたちに馴染《なじ》んでしまっている彼女の真意がわからず、フェリはクラリーベルを見る。グレンダンに潜入《せんにゅう》したとたんにレイフォンと戦い、その手を切り飛ばされたというのに、そのことをまるで恨《うら》みに思っている様子はない。

「練習器具なんて、高いよ」

「あら、だったらわたしも買うのを手伝いますからここを使わせてください」

『なっ！』

クラリーベルのその一言に女性陣《じん》が絶句した。その中には、フェリもいた。

「それでたまに手合わせをしていただけたら最上ですけどね。この辺りは人も少なそうですし、探せばそういうことができそうな場所もありそうです」

「なにを言ってるんだ、お前は」

声を上げたのは、ニーナだ。

「ん？　なにがです？」

「さっきの言葉は、お前がここに頻繁《ひんぱん》に来るということだぞ」

「ええ、そういうことになりますけど。それがなにか？」

「いや、それがなにかではなくて、だな……その、男の部屋に女がそんな風に気軽に通うのはだな……」

もごもごと口の中で言葉があやふやになっていく。

「ああ」

それでも、クラリーベルは納得した。

「心配ありませんよ。わたしは、わたしを押《お》し倒《たお》せる器量のある人が好みですから」

「む、ん、しかし……いや、そういうことなら、問題ない……のか？」

大ありだと、フェリは言いたかったが口には出さなかった。

押し倒すだけの器量？　器量は、辞書的には人の性質や、才能という意味がある。性質や、才能！　だ。性質の部分でならばレイフォンに女性を押し倒すだけの器量はないと言える。

だが、才能……ひいては実力という意味でならばレイフォンには十分にある。

クラリーベルは遠回しに、レイフォンに気があることを表明したのだ。それが、ニーナにはまるでわかっていない。

た。

「うん……でも、どうかな」

納得できなくて首を傾《かし》げるニーナの隣《となり》で、レイフォンは困ったような笑《え》みを浮かべてい

「あんまり、部屋に練習器具を置く気は、ないかな」

「あら、そうなんですか？」

クラリーベルは残念そうだ。

それでフェリはほっとする。

気がつくと、メイシェンもまた肩《かた》をなで下ろしている姿があった。彼女も気付いていたのだ。

「それなら、わたしもここに部屋を借りようかしら。個人練習用の空間が欲しかったんですよね。改装してもらうのにどれぐらいかかるのかしら」

「改装、やっぱ改装も必要だよね。重いものも置くし、配電関係も弄《いじ》らないとだめだろうなー。業者呼ぶより、自分でなんとかした方が早いよね。とりあえずリビング一つ分に高密度緩衝材《かんしょうざい》とか防音素材とかかませたらどうなるか、そこの計算も」

再び、ハーレイが沈黙《ちんもく》する。

「おお、なんか面白そうな感じになってきたな」

傍観者《ぼうかん》を気取るシャーニッドがニヤニヤと笑っている。

「なんなら、みんなでここに引っ越しちまうか」

「わお、楽しそう」

ミィフィが手を叩《たた》く。しかし彼女の気分も傍観者のそれに違《ちが》いない。

「メイっちとレイとんが料理当番ね」

「それはいまとなにか違うのか？」

「ばかねー。人が違えば気分も違うじゃない」

ナルキとミィフィのやり取りにメイシェンは「え？　え？」という顔をしながら、しかしこっそりとレイフォンの反応も窺《うかが》っている。レイフォンは思わぬ話の流れにただ驚《おどろ》いているだけだった。

なんだかよくわからないバカバカしい流れになっている。それがフェリの感想だ。

だが、このバカバカしさに乗るのもときには良い。

「それなら、わたしも引っ越します」

フェリは静かに宣言した。

「おお。フェリちゃん一番乗り」

シャーニッドがニヤニヤと笑う。

「兄が出て行ってしまいますし、あのマンションは一人で住むには高すぎますから」

それは、嘘だ。家賃が高いのは事実だが、カリアンがいたときから家賃は実家からの仕送りで賄《まかな》われているし、それはフェリだけとなっても変わらない。

しかし、あのマンションにいなければならないと強制されているわけでもない。

ここで気分を変えてみるのも一興だと自分を納得させる。

「あら……」

クラリーベルがこちらを見る。その瞳《ひとみ》に一瞬《いっしゅん》、値踏《ねぶ》みの光が宿ったのを見逃《みのが》すことはなかった。「あなたもそう？」という問いかけもあったかもしれない。

フェリは怯《ひる》まない。澄《す》ました顔を維持《いじ》する。

「それなら、やはりわたしもここに引っ越しましょう」

対抗《たいこう》してクラリーベルが繰《く》り返《かえ》す。

「おい、いまの寮《りょう》はどうする気だ」

「とても残念なことです」

「おい」

「それに、セリナさんもレウさんも生徒会選挙がうまくいけば忙《いそが》しくなるから引っ越さないといけないって言っていたではないですか。寂しくなります、あそこは」

「いや、それはそうなんだが……」

「そうなんですか？」

レイフォンもフェリも、ニーナの寮仲間とは多少は顔見知りだ。

彼の問いにニーナは頷《うなず》く。

「ああ、まぁ……レウがサミラヤ候補のところにいるのは事実だし、セリナさんも錬金科長としていくつかの候補が人事予定表に名前を挙げてはいるが……」

「ああ、あの人の……」

「サミラヤ候補に会ったのか？」

「いえ、偶然《ぐうぜん》なんですけど。元気な人ですね」

「そうだな。あの押しの強さはちょっとすごいな」

「なんだ、ニーナと同類か」

シャーニッドが口を挟《はさ》み、ニーナがむっとした顔をした。

「わたしはあそこまで強引《ごういん》ではないぞ」

「まぁ、わかってないのは自分だけってことだな」

「なんだと？」

と言ってみるが、周囲の反応が誰《だれ》もニーナを擁護《ようご》してくれそうにないのを察したのか、彼女はむくれた。

「まぁまぁ。それなら、ニーナもここに引《ひ》っ越《こ》せばいいじゃないですか？」

クラリーベルが仲裁した。

「なんでそうなる？」

「だって、ニーナも寂しいのでしょう？」

「そ、そんなことはないぞ！」

「あら、そうなんですか？　でもわたし、騒《さわ》がしいのが好きですし、あの寮はこのままだととても寂しそうな予感がするので、やはり引っ越したいのですけど」

「むう」

「だから、ニーナも引っ越しましょう」

「……生徒会選挙が終わるまで、どうなるかわからん」

それでニーナがそっぽを向く。

「では、生徒会選挙が終わったら引っ越しましょう。幸い、ここは急がないと部屋が埋まってしまうということはないようですし」

「だから、わたしは……」

「まぁまぁ」

なにやら言い負かされている。しかしそれはいつもの彼女のそれのように見える。いざというとき以外のニーナはこんなものだ。そこはレイフォンとも似ているかもしれない部分だ。しかしそれは、人間、常に張《は》り詰《つ》めているよりもいざというときに動ければ良いというだけのことなのかもしれない。なにより、そのいざという部分での変化は、ニーナとレイフォンでは大きく違う。

ともあれ問題なのは、ニーナもここに越してくるかもしれないということだ。

となれば、やはりどうしてもここに越さなければならない気がフェリはした。

「レイフォン、部屋がどこも空いているというのは本当なんですか？」

「え？　ああ、はい。僕以外だと、もう一部屋、新しい人が入ったって聞いてますけど」

「新しい人？」

「はい。まだ会ってないですけど」

「それだけですか？」

「みたいです。やっと入居者が入ったって担当の人に喜ばれたくらいですから」

「そうですか」

入居者を気にしたのは一瞬、次の瞬間《しゅんかん》には引っ越しの手続きのことを考えていた。

そのときだ。

「あの……わたしも、引っ越そうかな」

おずおずと、周りの声にかき消されそうになりながら言ったのは、メイシェンだ。

フェリは驚愕《きょうがく》した。引っ込み思案という隠《かく》れ蓑《みの》をついにはぎ取ったかと思う。それはフェリの大いなる勘違《かんちが》いであるのだが、彼女の発言が油断ならないものと感じたのも事実だ。

「おお、メイっち、マジ？」

「……本心なら一応言っておくが、あたしは引っ越せないぞ。ここは署から遠すぎる」

幼なじみ二人も思わぬ発言に驚いている。

「前から考えてたこと、ここならできるかもって……」

「ああ、あれ？」

「それなら、まぁここからでもできないことないけど」

「なにを考えていらっしゃるのです？」

クラリーベルからの質問に、メイシェンは少し驚いているようだ。

「あの、ケーキ屋さんを？」

「ケーキ屋？」

「喫茶店《きっさてん》とかと契約《けいやく》して、ケーキとかお菓子《かし》を作ろうかって。ここなら大型のオーブンを入れたりもできますし」

「なるほど。しかしそれだとかなり大がかりな改装が必要になるのではないですか？」

「あの……お金は借りれますから」

「生徒会の承認《しょうにん》がもらえたら、商業科の銀行がお金を借してくれるんだよ」

「なるほど」

ミイフィのフォローに納得し、クラリーベルは彼女が持ってきたものの中からお菓子をつまみ取った。

「たしかに、この味ならお金を出してでも欲しいですわね」

彼女の言葉に、メイシェンの表情が明るくなった。

ますます差《さ》し迫《せま》ってきたと、フェリは感じた。

†

「引っ越します」

珍《めず》しく帰ってきていた兄に、フェリは宣言した。あやうくティーカップを落としそうになるほど、カリアンは長く呆然《ぼうぜん》としていた。

「いや、待ちたまえ、どういうことだい？」

「だから、引っ越します」

「いや、だからどうして、わざわざここを引っ越す必要があるんだい？」

理性的であろうとする兄に苛立《いらだ》ちを感じながら、しかしそれ以上の説明をしようとは思わない。フェリは視線を外して強情の構えを取った。

「ふむ……」

その間に、カリアンも態勢を立て直したようだ。お茶を一口飲み、テーブルに戻《もど》す。

「レイフォン君かな？」

「卒業する兄さんには関係のないことです」

あっさりと核心《かくしん》を突《つ》かれてフェリは動揺《どうよう》する。こういうとき、自分が念威《ねんい》繰者《そうしゃ》であることに感謝する。感情の発露《はつろ》がうまくできないという、普段《ふだん》ならば欠点であることがうまく作用した。

だがそれが兄に通用したかどうかは、わからない。

「そういえば、レイフォン君は第一男子寮を出ることになっているそうだね」

通用していなかった。

「……いまだにあの人を束縛《そくばく》しておくつもりですか？」

「なんと思われてもしかたないとは知っているがね」

フェリの睨《にら》みに、カリアンは動じない。

「様々なトラブルはあったが、最終的に彼は私の求めに応じた結果を生み出してくれた。ツェルニはセルニウム鉱山の保有数ゼロという最悪の結果を免《まぬか》れることができた。いまさら、生徒会長として彼をどうにかしようとは思わない。その時間もありはしないよ」

「…………」

「さらに言えば、君にしてもそうだ」

「……え？」

「以前にも言ったと思うが、もはや私の強制力が存在しない以上、君が武芸科に居続ける理由はない。当面の危機は去った。いまの候補者を見る限り、再来年《さらいねん》の武芸大会でも生徒会長は次に決まる者が行うことになるだろう。なら、一度君の一般《いっぱん》教養科への転科がなれば、再来年に武芸科に戻されるという愚行《ぐこう》が行われることはないだろう」

「……その転科を向こうが拒否《きょひ》したらどうするのです？」

「やってみなければ、それはわからないよ」

妹の疑心を苦笑《くしょう》で流し、兄は目を細める。

「どちらにしろ、それは一人でやらなければならないことだ。そして言わせてもらえば、なにかを決断し、行動を起こすということは常に一人で始めねばならないことでもある」

「それは……」

「誰かに理解と協力を求め、共にことに当たるということもできる。だが、始めるのは常に一人だ。協力するという選択肢《せんたくし》ですら、それは協力者の心の内で一人で決を採られたものだ。誰かの助言があったとしても、その助言を聞くか聞かないかは当人が決めなければならないものだ」

「……なにが言いたいのですか？」

「できない可能性ばかりを挙げていけば、なにもしなかったという事実しか残らない。そしてそれは、惨《みじ》めな自己正当しか心に残さない。その程度のものが欲しくて、君はここにいるのかい？」

カッとなった。しかし体は動かなかった。

「……まぁ、転科の件で助言できるのはこんなところだね」

「助言ですか、これが？」

「そうだよ。兄から妹への、本当の意味で一人暮らしをしようという君への言葉だ」

「む……それはつまり？」

「できれば、このマンションはセキュリティもしっかりしているからね、ここにいて欲しいと思うが、しかし短い間とはいえ一人でこのツェルニで暮らそうというのだから、誰も強制はできない」

「なら、さっさとそれを言えばいいんです」

「手厳しいなぁ」

カリアンが相好《そうごう》を崩《くず》して笑った。

「余計なことです。さっきのことは」

怒《いか》りながらも、こんな風に笑う兄の姿を見るのはいつ以来だろうと思った。演技のように笑うことはあっても、いまのように心の感覚そのままに笑みを浮《う》かべたことはなかったように思う。少なくともツェルニで再会してからそんな笑みを見たことは今日が初めてなのではないだろうか。

「さて、それはどうかな？」

「まだなにかあるんですか？」

驚《おどろ》きに浸《ひた》る暇《いとま》もなく、カリアンは言葉を続ける。

「あるとも。言いたいことはたくさんある。だが、一度にたくさん言ったところで身に染《し》みはしないのだから、言うのはもう、あと一つだけだがね」

「なにを……」

「妹が他《ほか》の男に目が行くというのは、兄としてそれほど面白《おもしろ》いことではないが。まぁそれは、兄のつまらない私情でしかない。それはいいとしよう。問題なのは、レイフォン君と、そしてフェリ、君たちの問題だ」

「どういうことですか？」

「勝ち目があると思うかね？」

その直截《ちょくせつ》な言い方に、今度こそフェリは顔に朱《しゅ》が散ったことを感じた。怒《いか》りが表情として滲《にじ》み出たかどうかはわからない。しかしそれでもフェリは、自分がはっきりと怒《おこ》っていると感じていた。いや、それを感じているかさえわからなくなるほど、頭に血が上った。

「レイフォン君という人間を観察する限り、彼は目的を他者に預けすぎている。それは君にも言ったことがあると思うが」

「そうでしたでしょうか？」

「どうだったかな？　まぁ、彼はそういう人間だよ。彼を武芸科に転科した後は、私の思うとおりにことが進んだと言うよりも、ニーナ・アントークという強い意志に引きずられてやったことという方が正確だしね」

それは、フェリも感じていることだ。

「そんな彼だ。前回の騒動《そうどう》での傷を、どう癒《いや》しているのか」

「……兄さん！」

「……向こうでなにが起こったか、それは君が教えてくれなければ調べようもないことだよ」

「…………」

「だが予測はできる。リーリン・マーフェスは帰ってこなかった。そしてレイフォン君は死んだような目をしている。この二つの事実があれば、彼を知る者なら推測はできる」

フェリは息を呑《の》む。おそらく、それはその通りなのだろう。フェリはなにも説明していないのに、第十七小隊や、他のレイフォンに近しい人たちはそれを察している雰囲気《ふんいき》がある。

リーリンは帰ってこなかった。

いや、たとえ彼女がグレンダンに残る選択《せんたく》をしたとしても、そこにレイフォンと通じ合えるものがあったとしたら、彼はあそこまでひどい状態にはならなかっただろう。

本当に、ひどかったのだ。

クラリーベルに引きずられるようにして帰ってきたレイフォンは、まるで魂《たましい》でも抜《ぬ》けたかのような顔をしていた。

端子越《たんしご》しに彼を見ていたとはいえ、生の彼の表情を見たとき、フェリは凍《こお》り付いたのだ。

彼は死んだのではないかとさえ、思ったぐらいだ。

フェリにだって、彼の心がどういう風に傷を負ったのか、理解できる。

そしてリーリンの心情も、なんとなくだが、理解できる。

彼は、レイフォンは、リーリンのことが好きだったのだ。それは最初に親しんだ異性が彼女だったからだと、フェリの立場ならば言ってしまうことはできる。最初に知った同年代の女性がリーリンだった。彼女は母のように優《やさ》しく、強く、賢《かしこ》く、そしてきれいで、常に近くにいた。あんな女性が側《そば》にいたら、他の女性の気持ちなど理解できるはずがない。

お互《たが》いにお互いが好きであるという感覚に慣れすぎていた。恋《こい》を知るという段階を経ることなくそうなっていたのだ。レイフォンが絵物語以上の感覚を女性に対して感じるはずがない。彼の鈍感《どんかん》に理由があるとすればそれしかないはずだ。

そしてリーリンの方が、先に自分の感情に気がついてしまった。

崩れてしまったとすれば、ここからだろう。

レイフォンはおそらく、あの、最後にリーリンに会い、そして拒絶《きょぜつ》されたその瞬間《しゅんかん》に、ようやく自分の心に気付いたに違《ちが》いない。

リーリンに対する恋心《こいごころ》に気がついた。しかしそれはもう遅《おそ》かった。リーリンはなにかを知り、そして自らレイフォンを引《ひ》き離《はな》すことを決めた。そしておそらくは最後の機会だったあの瞬間に、レイフォンは気付けていなかったのだ。言葉にできなかったのはそういうことだ。

レイフォンは、自分の半身を失った。

恋をするということは、相手を他者と認めなければできないはずだ。まるで同じ存在のように孤児院《こじいん》で育った二人は、一心同体のように自分たちを感じていたに違いない。リーリンに恋をする。それは彼女が他人であるという事実にも気がつかなければならなかった。その感覚がどういうものか、経験のないフェリにはわからない。そして恋に破れるということがどういうものかも、同様だ。

しかしその二つが折り重なってレイフォンを襲《おそ》った結果が、あの顔だったはずだ。

「ツェルニでの彼の行動がニーナ・アントークを基準としたものであったとすれば、グレンダンでの彼の行動はリーリン・マーフェスを基準としていたはずだ」

言葉を失ったフェリを見つめて、カリアンは言った。

「過去のグレンダンでの所行が彼女の望むものではなかったとしても、彼女の願望を叶《かな》えるために彼は戦ってきたはずだ。孤児院ではないのだよ。いや、孤児院を完全に否定するわけではない。だが、彼の行動目的により大きな因《いん》を占《し》めていたのは彼女の願いだ。重なり合っていたと考えるべきだ」

それもまた、二人が一心同体のように感じていた理由なのかもしれない。

そして、そして……彼はリーリンに拒絶されたのだ。グレンダンを追われることになっても最後までレイフォンの側にいたであろう彼女。最後の最後まで自分たちが一心同体であることを示し続けていた彼女がレイフォンを拒絶した。そこに彼女の理由があったとしても、それはどうにもならない。

どんなに納得できる理由があったとしても、彼はその理由を元に自分を責めるだけだ。

そして、それがわかっていても、リーリンはレイフォンを拒《こば》んだのだ。

それだけの覚悟《かくご》が、彼女にはあったのだ。

「そんな彼を、君はどうやって立ち直らせる気なんだい？」

「それは……」

「いや、哀《かな》しみは時間が解決するだろう。問題は、元の彼に戻《もど》してしまってよいのかということだ」

「………」

兄の言いたいことが理解できて、フェリはまたも言葉を失う。

「彼は恐《おそ》ろしいまでに不安定だ」

兄が断言する。

「あれだけの実力を持ちながら、しかし彼には確固たる戦う理由がない。自らがそうすべきという理由を他者に預けてきた。彼がそのまま立ち直ったとしても、そのときにはニーナ・アントークにすがりつくということだ。だが、それは同じ結果を呼ぶだけだ。なぜなら彼女は……」

「……？　兄さん？」

「いや、それはいい」

不可解な空白を置いて、カリアンは頭《かぶり》を振《ふ》った。

「問題なのは、あくまでもレイフォン君だ。なんどでも言うが彼は自分の足で立たなければならない。自分の価値観で判断しなければならない。そうでなければ、彼は近い将来、自滅《じめつ》することになる」

「え？」

「覚えておきたまえ、フェリ。君が好きになった男は、そういう人物だ。さて、それで君は、いまなにをしなければならない？」

「それは？」

「彼のために、君はなにができる？」

その問いかけに、フェリはなにも答えることができなかった。

絶句したフェリをカリアンは厳しい目で見ていた。

フェリは混乱していた。

なぜ……なぜ、引っ越《こ》すというところからここまで深い話になったのだろう。いや、レイフォンと関《かか》わりのあることだから、それはしかたないのかもしれない。まさしく彼はそんな状態だし、彼の性格が改善されなければ、今後、また同じようなことになってしまうかもしれない。

しかし、だからといって、どうしていま、こんなことを言われなければならないのか。

「に……」

兄さんには関係のないことです。そう言おうとした。しかしそれよりもはやく、カリアンが厳しい表情を一転させ、苦笑《くしょう》を浮かべる。

「まぁしかし、これは一朝一夕《いっちょういっせき》でどうにかできるものではないがね。人の性格なんてものは、そう簡単には変わりはしないよ」

「……ならどうして、こんなことを言うのですか？」

「だからといって問題点を無視したままでいれば、また同じことになる。君が勝つためには、そして今後も彼と付き合っていくのであれば、気をつけておかねばならないことだろう？」

「勝つって……」

「恋愛《れんあい》ごともまた、戦いだよ」

それはそうかもしれないが、しかし、こんな風に言われても、うれしいはずがない。

「問題なのは、どういう状態となることが望ましいか、という見極《みきわ》め部分だがね。手に入れたから勝ちとはならないところが、普通《ふつう》の勝負ごととは違って難しい」

わかった顔で頷《うなず》く兄に腹が立った。

「とにかく、引っ越します」

「うん、それはもう、止めはしないよ。さっきも言ったが、来年からは君は一人だ。それを止めることは私にはできない」

その通りだ。憤然《ふんぜん》としながら、フェリは頷いた。

「だがまぁ、最後に援護《えんご》ぐらいはしておこうか」

「え？」

「ま、成功するかどうか、わからないがね」

そう言った時のカリアンは悪戯《いたずら》を思いついた少年の顔をしていて、フェリは、兄がこのツェルニからもう解放されているような、そんな気になった。

†

引っ越しでけっこう貯金がなくなったし、訓練にも出てないし、なにより練武館がメンテナンスのために使用禁止となっているので、暇《ひま》はある。その時間をバイトにあててお金を稼《かせ》いでおきたかったのも事実だ。

しかしまさか、フェリにバイトの誘《さそ》いを受けるとは思わなかった。

二人は、生徒会棟《とう》にある書類保管庫という空間にいた。

「……なにか不満があるんですか？」

「え？　いいえ、なにも」

まっすぐに見つめられてレイフォンは盛大《せいだい》に首を振った。

「なら、いいのですけど」

「いや……フェリがバイトって珍《めずら》しいなって」

レイフォンが知っている限り、フェリはあまりバイトをしていない。以前に喫茶店《きっさてん》でバイトをしたのは知っているが、彼女がそれ以外でなにかバイトをしたという話は聞いていなかった。

だから、フェリに誘われたのは意外だった。

「来年からは雑事がなくなりますから」

「え？」

そういうと、フェリは目の前にある機械に目を向けた。

レイフォンの誘われたバイトは生徒会内の書類の整理だった。整理といってもファイルにまとめたりするわけではない。紙で記された書類を端末《たんまつ》に記憶《きおく》させるだけだ。整理そのものは、書類に記された記号によって端末内で自動的に行われる。

ただ、端末に接続されたスキャナーに書類を通すだけなのだが、書類の数が膨大《ぼうだい》ともなればそんな単純作業もばかにはできないものに変化する。

ここは名前の通り書類を一時的に保管しておくための空間だ。端末とそれに取り付けられた二台のスキャナーを除けば、あとは書類が乱雑に収められた梱包《こんぽう》箱が山ほど積まれている。

「けっこう、時間がかかりそうですね」

「生徒会も意外にずぼらだったのでしょうね」

定期的に書類を整理しておけばここまでのことにはならなかったはずだ。しかしここには大量の箱に詰《つ》められた書類があり、息苦しく感じるほどに部屋が狭《せま》くなっている。

「さっさと片付けてしまいましょう」

「はい」

レイフォンは頷くと手近にあった箱を二人の間に運んだ。箱一つがかなり重い。フェリだけではけっこうな重労働になったかもしれない。あるいはそれがレイフォンが誘われた理由かもしれないと思った。

書類を一枚一枚取り出し、スキャナーに読み込ませる。処理は端末が勝手にやってくれる。レイフォンはただスキャナーに紙を押し当て、読み込みが成功したのを確認して、別の箱にそれを収めていく。

一箱終わればそれに『処理済み』のマークをつけ、端《はし》に追いやる。

えんえんと、それを繰《く》り返《かえ》す。

「…………」

「…………」

黙々《もくもく》と繰り返す。

「そういえば、さっき……」

「なんです？」

端末の静かな駆動音《くどう》だけの空間に、レイフォンは耐《た》えきれなくなって呟《つぶや》いた。

「さっき、来年からは暇になるみたいなことを」

「ええ、言いました」

「それって、どういう？」

「わざわざ言わないといけませんか？」

「あ、いえ……すいません」

慌《あわ》てて謝ると、フェリがため息を吐《つ》いた。

「違《ちが》います。そういう意味ではありません」

「え？」

「わざわざ言わなくてもわかることと言いたかったんです」

「…………」

「わからないんですね」

「すいません」

睨《にら》まれて、レイフォンは頭を下げた。

再びのため息。今度は思いきり肩《かた》を上下されてしまった。

「武芸大会は終わりましたし、兄も卒業します」

「はい」

「ツェルニの当面の危機は去りました。それなら、わたしがここでむりに武芸者を続ける理由はありません」

「あ……」

「わたしがここに来た目的、あなたには話しましたよね？」

「……はい」

「わたしは、わたしに武芸者以外の可能性があるかどうか、それを探したかったんです。その目的を諦《あきら》めたわけではありません。もう少しまじめにそれをしてみたいと思います。一般《いっぱん》教養科への転科が受理されるかどうかはわかりませんが、すくなくとも小隊は抜《ぬ》けるつもりです」

「そうなん……ですか」

「はい」

迷うことなく頷かれ、レイフォンはそれ以上なにも言えなかった。

自分はもう小隊には必要ないかもしれない。最近、そんな風に考えたこともあるレイフォンは、自分よりももっと先に考えを進めているフェリに驚《おどろ》きと嫉妬《しっと》に似たようなものを感じた。

「でも……」

「なんですか？」

「……いえ、なんでもありません。フォンフォンはどうするつもりなんですか？」

「僕は……」

考えて、しかしそこから先の言葉が出てこなかった。ぼんやりとしたものしかなにも見えてこない。

「……隊長はどうするんでしょう？」

「なぜ、ここで隊長が出てくるんですか？」

「あ、いえ……フェリが抜けたら小隊は大変だろうなって」

「そんなもの。代わりの念威繰者《ねんいそうしゃ》を探せばいいだけの話です」

「でも、フェリの代わりになる念威繰者なんて」

「どうとでもなりますよ」

返事が来る度《たび》に言葉の温度が下がっているような気がして、レイフォンはなにも言えなくなった。

再び、黙々とした時間が流れていく。

フェリを怒《おこ》らせた。

どうやらそうらしい。

なぜ怒らせたのか、それはわかっている。レイフォンが答えをはぐらかしたからだ。

（僕は、武芸者を止《や》められるのだろうか？）

その疑問が頭の隅《すみ》に張り付いて、消えない。

フェリに質問されたとき、レイフォンは自分の未来について考えた。武芸者でい続ける未来、武芸者を止めた未来。

そのどちらでも、なにも見えてこなかった。武芸者を止めようとツェルニに来た。だけどなにかを探すよりもはやく武芸者に戻《もど》されて戦い続けてきた。合間を縫《ぬ》っていろんなバイトには挑戦《ちょうせん》してみたけれど、いまだにこれにしようというものは見つけられていない。

そんな状態で武芸者でいることを止めるということが、自分にできるだろうか？

あんな思いをしたというのに、いまだに迷っている自分にそれができるのか？

「……っ！」

不意に喉《のど》の奥から噴《ふ》き出しそうになったものを、レイフォンは噛《か》み殺《ころ》した。

端末の駆動音、そしてスキャナーの音だけが静かに満ちる部屋の中、紙束のにおいがこもる中で、レイフォンは込《こ》み上げてくる感情を殺し続ける。

書類に書かれたものが端末に吸い込まれていく。それは、実際に紙に書かれた文字が機械の中に消えていくわけではないが、現実として一枚の紙切れよりも狭い場所に収められていく。

その行為《こうい》の繰り返しの中に、レイフォンの求める答えになりそうなものはない。

虚《むな》しい行為は、自分はなにをしているのだろうという気にさせる。しかしそれで手が止まるわけではない。『処理済み』と書かれた箱は増えていき、その度にレイフォンは新しい箱を自分とフェリの間に積んでいく。

「少し休憩《きゅうけい》しましょう」

フェリがそう言ったのはどれくらい経《た》ってからだったのか。

気が付くと『処理済み』の箱はレイフォンのすぐそばに高く積み上がっている。三分の一は片付いただろうか。

「そうですね」

ぼんやりとしたままレイフォンは頷《うなず》いた。

生徒会棟の一階、事務の受付がある空間の端で、二人は紙コップのジュースを手にベンチに座った。レイフォンの口から言葉が出ることはなく、フェリもまた無言だった。

味気ない空間の中で、事務員たちがこまごまと動いている。生徒たちがやってきてはなにかの手続きをしている。そこで何枚もの書類が生まれ、そしてレイフォンたちがさっきまでいた空間に溜《た》まっていくことになる。

その行為の繰り返しが、時間が流れるということなのだろうか。

そんなことを考えていると、事務員の制服が視界をよぎっていく。制服の主は自動販売《じどうはんばい》機《き》の前で止まり、そして通り過ぎていく。

「あ、やっほー」

そのはずだったのだが、制服の主はレイフォンの前で足を止めるとそう言った。

「あ……」

「なに？　まだ暗い顔してるの？」

そこにいたのは、サミラヤだった。

「先輩《せんぱい》、それって……」

レイフォンが彼女の服を指さすと、サミラヤは名札の辺りを指先でつまんだ。

「ん？　わたしここの事務員してるの。知らなかった？」

「はい」

「ふうん。まぁいいけどね。公表してる情報なんだけど、知らないんだ。いいけどね」

それは、選挙に無関心なレイフォンを責めているようにしか見えない。

「す、すいません」

「いいよ、別に。それより、そっちはもしかして、会長の妹さん？」

「どうも」

興味なさげな挨拶《あいさつ》だったのだが、フェリの表情の変化が見抜《みぬ》けないサミラヤはそんなものと受け取ったようだ。

「二人は十七小隊の人だから一緒《いっしょ》にいてもおかしくないけど。でも、こんなところでなにしてんの？」

「バイトです」

「バイト？」

「書類を端末《たんまつ》に入れる」

「ああ、あれ？　ふうん。ご苦労さま」

それで興味は尽《つ》きたのか、『がんばって』と手を振《ふ》って去っていく。

「いつのまに知り合ったんですか？」

「え？　この間、偶然《ぐうぜん》です」

「へぇ」

フェリの言葉はやはり温度が低い気がした。まだ機嫌《きげん》が直ってないのだとレイフォンは思った。直る理由もないのだから、それはしかたがないのだが。答えの出ない自分が悪いのだ。

あのときと同じように。

ジュースを飲み終えるとやることもなくなり、二人は書類保管庫に戻るべく階段を上がる。

その途中《とちゅう》で異変があった。

サミラヤが階段の踊《おど》り場《ば》で立ち止まっている。

「……？　どうかしたんですか？」

「しっ」

尋《たず》ねると、彼女はそっと、目だけで上を示した。

「？」

気配を殺して上を見上げると、そこには泣いている女性がいた。一人ではない、二人の女性がお互《たが》いに慰《なぐさ》め合いながら泣いている。

「書記の人たちよ」

どこかで見たことがあるようなと思っていたら、サミラヤがそっと教えてくれた。

「ちょっと退避退避《たいひたいひ》」

「あ、ちょっと」

そう言って、彼女はレイフォンの服を摑《つか》んで階段を下りる。

「少し時間を潰《つぶ》しましょ」

階段の途中で腰《こし》を下ろしたサミラヤに、なんとなくレイフォンとフェリも従った。

「なにか問題でも起きたんですか？」

「そういうことじゃないよ」

「なら……？」

「んー、君たちまだ下級生だから実感とかできないのかなぁ。……卒業しちゃうからだよ」

「え？」

「仲良くなった人とか、いなくなっちゃったり、別れたりとかしなくちゃいけないわけじゃない。それって寂《さび》しいことじゃない？」

「………」

そうだ。以前にサミラヤに会ったときもそんなことを言っていた。彼女はそれでなにかを納得《なっとく》し、走り出してしまったからレイフォンは彼女がそのときなにを考えていて、なにを得たのかまるでわからなかったのだけれど。

でも、あのときの言葉を、いまでもレイフォンは鮮明《せんめい》に思い出すことができる。それは、あの言葉にはレイフォンのなにかを強く抉《えぐ》るものがあったからに違《ちが》いない。

ツェルニからいなくなるということは、もう会えないということは、死んだことに等しい。

レイフォンの中で、リーリンはもう死んだということなのだろうか。想《おも》い出の中でしか会えないというのなら、それと同じことなのだろうか。

グレンダンに戻ることができる。

リーリンと再会し、養父からの刀を受け取ったとき、自分は少しでもその可能性を考えていたのだろうか。

グレンダンに戻って、孤児院《こじいん》に戻って、なにもかもが元通りになって……天剣《てんけん》には戻れないかもしれないけど、それでも、グレンダンでの日常が、リーリンがいて、養父がいて、トビエやラニエッタやアンリ、その下の子供たちがいて、あのとき当たり前にあった孤児院の生活が戻ってきたかもしれない。

だけど、もうそれは、完全にありえないことになってしまった。

そのはずだ。

未来の見えない感覚だけならば、入学してきたときとそれは変わらないはずだ。だがどうしてだろう。いまの方が目の前が暗い。

「でもそれは、どうにもならないことでしょう？」

言ったのはフェリだ。

「ま、そうなんだけどね」

サミラヤがあっさりと頷く。

「学園都市《こ》に来た時点でそれはわかってることだよね。入学があるってことは卒業があるってことだし。でも、仲良くなった人ともう会えないっていう辛《つら》さは変わらないんじゃないかな」

「……そうですね」

「ここは、そういう場所なのよ。人生と比較《ひかく》したら六年なんて一瞬《いっしゅん》のもの。でも六年って時間はやっぱり長いし、わたしたちはまだちゃんとしてないし、だからこそここの六年は大切だし、大切な時間にいい人に会えたら、それはやっぱり大切じゃない？」

「…………」

「会えなくなるって考えたら、わたしだって泣きそうになるもん」

そう言ったサミラヤは顔を隠《かく》すようにすばやく立ち上がると上の様子を眺《なが》めた。

どうやら、書記の人たちはもういなくなったようだ。

「じゃ、お互い仕事に戻《もど》りましょ」

振り返ったサミラヤは、どこか照れくさそうだった。

書類保管庫に戻って単純作業に没頭《ぼっとう》する。多少考え事をしていても手が止まることはない。それは機関部掃除《そうじ》も同じなのだが、全身を動かす作業とは違い、こちらは説明のしにくい疲労《ひろう》が溜まっていくような気がする。吐《は》き出されるものがなにもなく、ただなにかが沈殿《ちんでん》していくような不快な感触《かんしょく》だ。誰《だれ》もが嫌《いや》がって、結果的に保管庫にこんなにも書類が積まれてしまうのは、あるいは当然の結果なのかもしれない。

「さっきの……」

新しい箱を二人の間に積み上げ、レイフォンは口を開いた。

「いつの『さっき』ですか？」

フェリの返答は鋭《するど》く冷たかった。

「あの……休憩する前の、『さっき』ですけど」

「はい」

「……正直、どうすればいいか、僕にもよくわからないです」

「…………」

「武芸者でいなくてもいいんだと思うけど、たぶん、僕は本当の意味で武芸者をやめることはできないんじゃないかなって思うときもあるし。でも、会長に言われたことは達成できて、僕はもういらないんじゃないかなとも思うし」

「わたしだって、念威繰者《ねんいそうしゃ》を本当にやめられるかどうか、わかりません」

「え？」

「自分の念威能力には自信がありますし、その部分で負けることが悔《くや》しいということも知りました。グレンダンでは、とても重いものを渡《わた》されましたし」

ハイアに人質《ひとじち》にされたとき、フェルマウスの妨害《ぼうがい》念威によって身動きが取れなくなっていたそうだし、それだけではなく第一小隊戦のときにも向こうの念威能力者に作戦的に負けたと言っていた。そして、デルボネには疲労していたとはいえあっさりと沈黙《ちんもく》させられている。

なにより、そのデルボネが亡《な》くなる寸前に彼女になにかを託《たく》している。

フェリにとっては見知らぬに等しい老婆《ろうば》とはいえ、託されたものの重さは、無視できないものなのだろう。

「期待されることは嫌ではありません。念威繰者であることに、入学したときほど嫌悪感《けんおかん》はありません。だから、鍛錬《たんれん》を怠《おこた》るつもりもありません」

スキャナーを見つめたまま、フェリは言葉を続ける。読み込み終了《しゅうりょう》の音が鳴ると、二人とも書類を取《と》り替《か》える。

「それでも、最初の目的をそれでなかったことにするのも、なんだかなし崩《くず》し的で嫌なんです」

「…………」

フェリは正しい。レイフォンに言葉はなかった。自分がどれだけ、自分のことを考えていないのか、それを思い知らされてしまった。

「あなたは、隊や隊長のことを気にしているのではなくて、考えなくていいから隊長に従っているのではないですか」

問いかけのようでありながら、それは決めつけているようにも聞こえる。

そのとき、レイフォンは頭の中が真っ白になった気がした。なにかが急速に膨《ふく》れ上がり、それが頭の中にあった言葉を追《お》い払《はら》ってしまった。

胸の奥にまでせり上がってきたなにかを必死に噛《か》み殺《ころ》す。フェリに顔を向けないよう首に意識を集中するのに、ここまで努力しなければならないのかと思った。

「言いすぎました。すいません」

ぽつりと、フェリが言葉を漏《も》らす。

「……いえ」

喉《のど》がひきつるのを気づかれないようにするのは、大変な労力を要した。積み上げられた書類を片付け続ける。あるいはレイフォンの前にある問題とは、この書類保管庫のように片付けなければならないことを無視し続けた結果として存在するのかもしれないと思った。一度に問題が解決するようなことはなく、一つ一つ、こうやって無駄《むだ》に思えるようなことを気が遠くなるまで繰《く》り返さなければならないのかもしれない。

だがレイフォンには、自分が片付けなければならないものがなんなのか、それがわからない。

「ですが、これだけは覚えておいてください。わたしにしても隊長にしても、あなたよりも先に学園都市《こ こ》から去ってしまうのだということを」

フェリはその言葉を最後に書類が全《すべ》て片付くまで口を開くことはなかった。

レイフォンはなにも思《おも》い浮《う》かばない、ぽっかりと穴のあいたような自分の中身を見つめ続けた。

†

生徒会長室の窓から二つの小さな人影《ひとかげ》が去っていくのを見つめ、カリアンは物思いにふける。

（さて、妹はうまくやったのだろうか？）

二つの人影の距離《きより》がなにかの結果を物語っている。それを読み取ったカリアンは妹の気持ちを思ってため息を吐くものの、それ以外の部分は冷静を保っていた。

そんなにすぐにうまくいくはずがない。離《はな》れた距離が縮まるか、あるいは遠ざかるのみか、それはこれからのことだろう。

衝突《しょうとつ》しない程度の浅い付き合いを求めてはいない。ならば相手の嫌な部分にも目を向けなければなるまい。なにより彼を変化させようというのだ。衝突は起こってしかるべきだ。

その恐怖《きょうふ》を妹が乗《の》り越《こ》えられないのならば、それはどうにもなるまい。

そしてあの距離は、衝突は起こったということだ。次にどうするか、問題は次から次に出てくるに違いない。

なにより彼は、グレンダンを知りすぎている。

「さて……彼に再び立ってもらうべきか、それともこのまま………」

呟《つぶや》く。

その言葉には妹との関係についての意味は含《ふく》まれていない。

「どうかな？　一人でも欲しい。だが、彼一人で世界が動くわけでもない」

会長室には珍《めずら》しくカリアン一人だった。そのため、彼は自分の考えを気にすることなく言葉にできる。

「世界の危機は、もうすぐそばにある」

それに誰が気付いてる？

グレンダンの人間はどうか？　一時の災いをくぐり抜《ぬ》けて、次なる戦いのために力を蓄《たくわ》えているかもしれない。それはいい。あの都市はそういう地だと、いまのカリアンにはわかっている。

世界の危機と対抗《たいこう》するために生まれた都市だ。それが正しい。

だが、この世界に生きているだろう幾億《いくおく》の人々の運命を、一都市のみに任せて良いものなのか？　たとえそこが、最も錬磨《れんま》された力が収束する地だとしても、世界そのものの運命を託すに足るのか？

託して、他《ほか》の人々はなにも知らないままに生きていて良いのか。

グレンダンが失敗したとき、世界の人々はなにも知らないまま死を迎《むか》えることになる。

本当にそれで良いのか？

だが、下手《へた》に動けば要《い》らぬ混乱を招くことになるだけかもしれない。閉塞《へいそく》した自律型移動都市ゆえに混乱が他の都市にすぐに伝播《でんぱ》するということがないのが、救いかもしれない。

だが、この混乱のためにいくつかの都市が自滅《じめつ》する可能性もある。

カリアンがこれからやろうとすることは、そういった混乱をただ招くことになるだけなのかもしれない。

だが、ただ運命に従うだけのような結果を待っているなど、もはやカリアンにはできない。

知ってしまったのだ。

あの日、機関部中枢《ちゅうすう》で、電子精霊《せいれい》ツェルニによって見せられたグレンダンの光景。

そして間隙《かんげき》を突《つ》くかのように現われたあの存在……

「……運命に身を任せるということができないのは、私が小僧《こぞう》だからかな？」

そんな言葉で精神の安定を求めようとする己《おのれ》を嘲笑《あざわら》い、カリアンは窓から目を離した。

片付けなければならない仕事は、まだまだある。

†

その夜のことだった。

広い部屋を持てあます気持ちで眺めているとノックの音がした。

リビングを抜け、部屋の広さに比べたらやや狭《せま》く短い廊下《ろうか》を抜け、ドアの前に立つ。

開けると、そこにはダルシェナが立っていた。

「ダルシェナ、先輩《せんぱい》？」

こんな時間に彼女が訪《おとず》れるということがレイフォンには納得できなかった。

「あの……」

「寮《りょう》に行ったら、ここに越したと教えられた」

「ああ」

レイフォンの浮かべた疑問に彼女はすぐに答えてくれた。引っ越す際の手続きで寮長《りょうちょう》にはここの住所を話してある。

「あの、とりあえず、中に」

それでも、どうしてこんな時間に彼女がここに立っているのかわからなくてレイフォンは混乱していた。それに、彼女はひどく疲《つか》れているように見えた。

いや、打ちのめされたように……それが正しいのか。

レイフォンがドアの前から体を退けると、彼女はおとなしく部屋の中に入った。ドアを閉め、追いかける。

「とりあえず、お茶でも淹《い》れるんで座っててください」

リビングにただ一つあるソファを示して、レイフォンはお茶を淹れるために湯を沸《わ》かした。

引っ越したときにメイシェンがくれた茶葉はまだたくさん残っている。沸騰《ふっとう》に向かって温度を上昇《じょうしょう》させていくお湯の音を聞きながら、レイフォンは疑問について考えていた。

ソファに座ることなく、しかしこちらを見ることもなくリビングのカーテンを眺《なが》める彼女の背中には痛々しさしかなかった。しかしそれは、直接的な力に晒《さら》されたというのではなさそうだった。レイフォンは俗悪《ぞくあく》で最悪な考えをすぐに打ち消す。しかしそれを打ち消して、それで次の可能性を考えようとしてもなにも浮かばなかった。

お茶を淹れてソファの前にある小さなテーブルに置く。

「あの、先輩」

「ああ、ありがとう」

覇気《はき》なく呟くと、ダルシェナはソファに座った。並んで座ることにためらいを覚えたレイフォンは床《ゆか》に座る。

座ったものの、ダルシェナはお茶の入ったカップに手を伸《の》ばすこともなく、ただそこから昇《のぼ》る湯気を見つめていた。

なにをどう切り出せばいいのかわからない。無為《むい》に流れていく時間の中でダルシェナを見続けるのも気後《きおく》れして、レイフォンもまたお茶に手を伸ばせなかった。

「……お前に、頼《たの》みがある」

絞《しぼ》り出《だ》すようにダルシェナは言った。

「みっともないことを言わなければならない」

「……先輩？」

呼びかけても、ダルシェナはレイフォンを見ていなかった。

「情けない話をしないといけない。しかし、わたしにはどうしていいのかわからない。どうにもできない。実力に違《ちが》いがありすぎる。そしてそれが正しいのかすらわからない。だが、だが……」

ダルシェナは震《ふる》えていた。その震えが言葉を途切《とぎ》れさせたのか、彼女は空気を求めるように、長く音もなく喘《あえ》いだ。

だが、それでも、彼女は言葉が出てくるのだ。

あるいはそれがレイフォンと彼女の違いなのだと、言葉を聞いた後で思う。ダルシェナだけでなく、他の誰《だれ》か、ニーナでもシャーニッドでもフェリで、ハーレイでもキリクでも、カリアンでもゴルネオでも、誰でもそうなのかもしれない。

譲《ゆず》れない、譲りたくないなにかがはっきりとしているのかもしれない。

「ディンを連れていかれたくないんだ」

その夜のうちに、レイフォンはハーレイのところに行った。もう後悔《こうかい》はしたくない。できる最善のことをしなくてはいけないと思った。

そして、立つ。

外縁部《がいえん》に吊《つ》り下《さ》げられた放浪《ほうろう》バスと、数人の護衛。彼らに囲まれた車椅子《くるまいす》のディン。そして、際立《きわだ》った技量をもっている様子の武芸者。驚《おどろ》いてこちらを見ているシャーニッド。

「馬鹿野郎《ばかやろう》！」

シャーニッドの叫《さけ》びは聞こえなかった。ダルシェナがなんと答えたのかも、もう興味はない。倒《たお》さなければならないのは目の前の武芸者だ。ここまでの実力者だとは思わなかった。だからといって怯《ひる》むわけではないが、しかし油断するわけにもいかない。

レイフォンは身構え、そして武芸者、エルラッドもまた錬金鋼《ダイト》を復元する。

二丁の拳銃《けんじゆう》。銃衝術《じゆうしよう》。すぐに頭に浮かぶ。気配が消え、姿も消え、そして現われる。

殺到《さつけい》。レイフォンは相手の銃弾《じゆうだん》を避《さ》け、避け続け、青石錬金鋼《サファイアダイト》を鋼糸《こうし》状態で再復元。簡易型複合錬金鋼《シム・アダマンダイト》を抜き、復元。鋼糸によって銃弾を防ぐ攻防《こうぼう》の型を完成させると、相手の動きを見極《みきわ》めるために今度はその場で不動となる。

動きに、シャーニッドに通じるものがあるように思えた。

「いよ、なかなか怖《こわ》い奴《やつ》がいるもんだな」

声はいきなり耳元に飛び込んできた。

それはこちらの隙《すき》を作るものだったのかもしれない。気配は別の場所にある、レイフォンはそちらを目で追いかけ続けた。

「ふん、かわいげがないな。まあいい」

　声は続く。レイフォンは仕掛けを理解した。

　鋼糸に音を伝播させているのだ。こちらに位置を見抜かせないようにするため、幻惑するための技を使っているに違いない。

「さすがにお前さんとマジでやりあうのは、こっちも痛い目に遭いそうだからな。どうだ？　手打ちにしないか」

「なにが望みだ？」

「こっちは依頼の遂行だ。息子には黙ってるが、依頼主にはそれなりに義理もあるからな。いつものように知らんふりするわけにもいかんのよ」

「息子？」

「聞いてないのか、あそこで姉ちゃんにコテンパンにされてるのが、おれの息子だ」

　目は離さない。だが、外に意識をわずかに向ければ、自分たちとは別の戦いの音に気付かされる。

　シャーニッドとダルシェナが戦っている。

　ディンをめぐって、考え方が違うのだ。そのために争いになっている。

あのとき、第十小隊と戦ったときのようなことになっている。

しかし、ディンに去られてほしくないとシャーニッドは思っていないのか、思っていても諦《あきら》めてしまったのか。

わからない。聞いている暇《ひま》はもうなかった。

そして、レイフォンはもう決めている。

「僕は、ディン先輩を連れていかせない」

「それが正しいことか？」

あまりにもまっすぐな問いにレイフォンは一瞬《いっしゅん》、奥歯を噛《か》みしめた。

「もう、決めたんだ」

「強情《ごうじょう》だな。だがな、こっちもそうですかとは言えんのよ」

「なら……」

エルラッドは喋《しゃべ》るのをやめない。レイフォンの言葉に覆《おお》いかぶさるように続ける。

「義理があるんだよ。リーゼを、息子の母親を看取《みと》ってもらってるからな」

「っ！」

「さすがにこればかりは、おれも知らんなんて言えんからな」

銃弾が激しくなる。レイフォンは不動の立場を諦めるしかなかった。向こうは鋼糸に干《かん》渉《しょう》する術《すべ》を知っている。音を伝えられるということは、そういうこともできると考えるべきだ。

だが、どう動く?

いや、動けるのか?

戦いの問題ではない。エルラッドの実力の問題ではない。

退《ひ》けない戦いだと宣言したエルラッドを相手に、どう動けばいいのかレイフォンはわからなくなってしまった。

重なり合う。浮《う》かび上がったその面影《おもかげ》はエルラッドとは似ても似つかない。だが、その重なりがレイフォンの脳裏《のうり》から剝《は》がれることはない。

(ここで、また迷って……)

同じことの繰《く》り返《かえ》しになるのか?

なにもできないまま、ただ押し返されるだけの結果になるのか?

なににも手は届かないのか?

浮かんだのは恐怖《きょうふ》だ。

(そんなことに……)

なってはいけない。

もう、そんなことになってはいけない。

そう念じながら、レイフォンは前に進む。鋼糸はやはり干渉されているようで、どこか動きが悪く感じられる。だが、逆手に取られてレイフォンに襲《おそ》いかかるという事態にはなっていない。いざというときまで使う気がないのか、それともそこまでのことはできないのか、レイフォンは判断できないまま、鋼糸を展開したまま、前に進む。

だが、だが……どうしてここでエルラッドなのか。

シャーニッドの父なのか。

まるでやり直しのようなこの状況《じょうきょう》にレイフォンの内心は乱れきっていた。

ディンを失いたくない。それがシャーニッドとダルシェナの考えのはずだ。だが、シャーニッドはどこかで諦めているような様子がある。事情をちゃんと知らないままにここに立っているレイフォンは、彼がどういう心情でそうしているのかがわからない。

(ちゃんと、聞いておけば良かった)

後悔しても遅《おそ》い。そう、遅いのだ。どんなことだって、レイフォンはいつも気付くのが遅い。そしてよく知りもしない。全《すべ》ての事情は自分の外側にあって、気がつけば巻き込まれている。

ツェルニに来てから、ずっとそうだ。

あるいは、ツェルニに来る以前でさえ、自分はそうだったのかもしれない。

（ああ、だから僕は、なにもかも間に合わないのかもしれない）

自分が武芸者だというのは生まれたときには決まっていたこと。その決まっていたことを始点に、当たり前の武芸者というものをなぞるようにここまで来た。途中《とちゅう》に紆余曲折《うよきょくせつ》はもちろんあった。そのために普通《ふつう》の武芸者とは考え方が少し違うようになった。だがレイフォンは、自分からしたいと思ったただ一つのことを除けば、周囲に当たり前にあった『武芸者』というイメージに従って来ただけに過ぎない。

その一つのことも失敗して、『武芸者』の代わりに自分を動かしていた基点さえも失って、今度のことで本当に失って、漂《ただよ》うように生きているのが、いまの自分なのだ。

それではだめだと、周りが言う。

かつてカリアンが言った。先日にはフェリにも言われた。

あるいはもしかしたら、リーリンにも同じことを言われたのかもしれない。

（いまの僕は、だめなんだ）

それはもう、ずっと前からわかっていたことのような気がする。

（だけど、どうしたらいいかもわからない）

いまこの瞬間《しゅんかん》も。

ダルシェナのなりふり構わぬ執着《しゅうちゃく》に感化されてここにいるというのに、エルラッドの言葉で戸惑《とまど》っている自分がいる。

足は前に進んでいる。エルラッドの銃弾は鋼糸で防げている。

だが、心は前に進んでいない。ずっと、同じ場所で立ち止まっている。

（どうしたら……どうしたら……）

どうして自分はこんなに迷ってしまうのか？

行けばいいじゃないか、そう決めたのだから。

正しさなんて知らないと。ダルシェナの想《おも》いは聞いている。彼女の涙《なみだ》を自分に重ね合わせたのではないのか。

失いたくないと気付くのが遅かった。そんな想いを、他《ほか》の誰かにしてもらいたくないと思ったのではないのか？

それなのに、どうして前に進めない？

進めば良いんだ。

進めば。

「そこまでだ！」

そしてシャーニッドが叫ぶ。ダルシェナにやられた傷だらけの顔で、手から血を流しながら、レイフォンとエルラッドに向かって叫んだ。

レイフォンにはできない顔で叫んでいる。

その後の流れは見ていたような見ていなかったような、レイフォンは呆然《ぼうぜん》としたままだった。気がつけば時間が流れていた。エルラッドに戦いを挑《いど》んだシャーニッドが倒れ、乱入の形で戦いに加わったダルシェナも倒れ、エルラッドだけがその場に立っていた。

「まったくよ」

疲《つか》れた顔で呟《つぶや》いたエルラッドは立ち尽《つ》くしたままのレイフォンを見た。

「もう、お前さんとはしなくてもいいよな？」

それは確認《かくにん》のような、懇願《こんがん》のような不可思議な色合いの声だった。疲労《ひろう》とともに満足感も混ざっているように感じた。だが、全ては気のせいかもしれない。疲れているだけなのかもしれない。そこに他の感情が混ざっているように思えたのは、男の普段《ふだん》の性格が反映されただけなのかもしれない。

レイフォンはなにも答えなかった。

いや、答えられなかった。

こちらの答えを聞くこともなく、エルラッドは背を向け、別のものを見た。

外縁部《がいえん》の向こう、そういえば風が強かった気がしたが、いまはもう収まっている。放浪《ほうろう》バスが動くことができる天気だ。

牽引機《けんいんき》につり下げられた放浪バスに動きがあった。乗降口が開き、車椅子《くるまいす》に乗せられたディンが運ばれていく。彼の視線は、一度たりともシャーニッドたちに向けられることはなかった。

その事実に気付き、レイフォンはひどく寂《さび》しい気持ちになる。ディン自身に思うものはなにもないが、彼に去って欲しくないとついさっきまで戦い、そして気を失って倒《たお》れているシャーニッドたちのことを考えると、なにもしないままで良いのかと、疑問が浮かび上がってくる。

「おい、もう止《や》めとこうぜ」

気配を察したのか、エルラッドは振《ふ》り返ることなく言った。

「お前さんはもう、あいつらに求められたことはやっちまったよ。それ以上は余計な世話だ。むだむだ」

「でも……」

機先を制されたためか、エルラッドに声をかけられても緊張《きんちょう》も、闘志《とうし》も湧《わ》いてこなかった。ただ疑問だけは宙に浮いている。やらなければならないのではないかと、焦《あせ》りに似た気持ちが残っている。

「二人ともわかってんだよ。あのディーのガキがここにいてもどうにもならないってことはな。わかってんだ。だが、わかってるのと納得するってのは違《ちが》う。それだけの話なんだよ」

レイフォンにはわかることさえできなかった。

それはもしかしたら、表情として出ていたのかもしれない。振り返ったエルラッドはレイフォンを見て額に皺《しわ》を寄せた。

「大変だなぁ、お前は」

哀《あわ》れまれた。

それに反感を覚える暇はなかった。エルラッドはそれ以上なにか言葉を重ねることなく、再びこちらに背を向けると放浪バスに向かって歩き始めた。

「起きたらそいつによろしく言っといてくれ」

言って、エルラッドはディンたちを吸い込んだ乗降口のタラップに足をかけた。

その後、気絶させられただけに見えたダルシェナが先に目を覚ました。彼女は周囲を確認すると、それで事情を察したのか、レイフォンに頭を下げ、あとは外縁部の端《はし》に立ってもう見えなくなった放浪バスの影《かげ》を追いかけていた。

シャーニッドも目を覚ます。

「行っちまったか」

寂《さみ》しげな笑《え》みを零《こぼ》すとシャーニッドは静かにそう言った。

「良かったんですか？」

こんなことになって。

ディンを取り返せなくて。悩《なや》んでいたはずなのに。レイフォンの引《ひ》っ越《こ》しのときにはもう知っていたはずなのに。

だけどシャーニッドはあのとき、いつものように笑って、ニーナやフェリを怒《おこ》らせてみたりして、いつも通りの彼しか見せていなかった。

そんな顔のまま、思い悩んでいたはずなのだ。そんなことが自分にできるのか、レイフォンは考えて、たぶん、できないという結論になった。

「どっちに転んだってどうなったもんだかわかんねぇんだ。ならもう、あとは自分がすっきりするかどうかしかないじゃねぇか」

それでも、シャーニッドはそう言ってのける。

言葉には意味以上のものはなにも感じられなかった。

すっきりするしかない。

自分が考えた結論のために行動するしかない。

失敗するにしても成功するにしても、やってみるしかない。

やってみてその結果ならば、もう受け入れるしかない。

その順序はわかる。そこにある道理は納得できるような気がする。

だが、わからない。

わからないのだ、レイフォンには。

†

受け入れれば、それでいいのか？

事実を事実として受け入れれば、それでいいのか？

もうリーリンと会うことはできない。その事実を受け入れれば、それで納得できるのか？

納得できていないから、その事実を受け入れていないから、自分はいまでもこんなにあのときに失われたものを引きずっているのではないのか？

傷だらけのシャーニッドをダルシェナとともに病院に送り、レイフォンは一人、自分の部屋に向けて歩いていた。

あの夜、あんなにも彼女らしくなく憔悴《しょうすい》し、取り乱していたダルシェナも病院でレイフォンを見送ったときには、結果を悔《く》いている様子はなかった。やはりどこか寂しげな雰囲《ふんい》気《き》を宿してはいても、疲れてはいても、暗く沈《しず》んでいるという様子はなかった。あるいは一人になったときに泣くのかもしれないが、その失敗で立ち直れなくなっているという様子はなかった。

ダルシェナもこの結果を受け入れたのだろう。

これはいったい、どういうことだろう。

行動すれば、それでいいのか？

行動すれば、それで事実を受け入れることができるのか？

レイフォンはできていないというのに。

リーリンを救うためにグレンダンに潜入《せんにゅう》し、姉に戻《もど》れと言われ、養父に立ちふさがられ、戦いたくないのに戦って、そんな想いを繰《く》り返《かえ》して辿《たど》り着《つ》いたのに、リーリンに拒絶《きょぜつ》された。

やるべきことはやったはずだ。

それなのに、こんなにも自分は引きずっている。

どうして……？

考えながら歩いた。歩く時間だけはたっぷりとある。陽《ひ》も落ちたこの時間、外縁部付近に好んで近づく者もなく、レイフォンは夜の気配の中を一人で歩き続けた。倉庫区付近なんて場所に引っ越したのはやはり正解だったかもしれない。帰るのに時間がかかるからだ。一人の部屋にそんなに早く戻ってしまっていては、もうレイフォンは、自分がどうして良いかわからなくて気が狂《くる》っていたかもしれなかった。

それでも、長い時間の中で考えは同じところにぐるぐると戻ってくるばかりで、レイフォンはなんども立ち止まり、深呼吸をした。そうしなければ、自分がどこかよくわからない場所に駆《か》けだして、止まれなくなってしまうのではないかと思った。そしてそこにはシャーニッドたちのような物寂《ものさび》しくも清々《すがすが》しい結末が待っているとは、とても思えなかった。

しかし、立ち止まっていても自分はこの夜の気配のように先が見えない場所にいるように思える。辿り着くのは一人の部屋。

胸がつかえるような苦しみがレイフォンを襲《おそ》う。

だが、こんどは立ち止まらなかった。

部屋に辿り着くまでに相当な時間がかかった。食事のことが一瞬《いっしゅん》頭に浮《う》かんだ。しかし、自分一人のために台所に立つ気力もなかった。もういい、寝《ね》てしまおう。そう考えて自分の部屋を目指す。それほど高くない建物だが、住んでいる人間が自分を除けば一人しかいないという建物には、なにか大きな欠落があるような気がした。それがレイフォンをさらに重い気分にさせる。引っ越しのときに感じた高揚《こうよう》は、すでに欠片《かけら》も残っていなかった。

もう寝てしまうしかない。だが、眠《ねむ》れるのかどうか、自信がない。実を言えばこのところ、まともに眠った記憶《きおく》がない。夢も見ないというのに、目がすぐに冴《さ》えてしまうのだ。

ドアの前に、フェリが立っていた。

その姿に気付くのでさえ、レイフォンにしては驚《おどろ》くほどに時間がかかった。

「フェリ……？」

「なにをしていたんですか？」

ひどく不機嫌《ふきげん》な様子でフェリはレイフォンを見た。

「あの……？」

「バイトもないと聞いていたのですぐに帰るものと思っていたのに」

「あ、あの、ごめんなさい」

でも、なぜ？　それを問う前に頭に浮かんだことがあった。鋼糸《こうし》のことだ。ハーレイにもなにも答えないまま、無理を言って鋼糸の封印《ふういん》を解除してもらったのだ。もしかしたらそのことでフェリはここにいるのかもしれない。

なにかがあったと思われたかもしれない。

しかしそれなら、ニーナもいるのではないだろうか？

「とにかく、入れてください。冷えました」

「あ、ごめんなさい」

レイフォンはすぐにドアを開けて中に入ると、台所に立ってお湯を沸《わ》かした。ダルシェナが来たときに用意したお茶のセットはすぐに出せる場所に置いたままだった。お湯さえ沸けばすぐに二つのカップにお茶を淹《い》れることができた。

ソファに腰《こし》を下ろしたフェリはカップを両手で握《にぎ》りしめるようにして、温かさを取り込んでいる。

ダルシェナに続いて、次はフェリだ。

いったい、なんなのか。レイフォンは言葉もなく彼女を見た。

「これを預かったので」

お茶を半分ほど飲んで、フェリはやっと口を開き、鞄《かばん》を開くとそこから一通の封筒《ふうとう》を取り出した。

「男子寮《りょう》の寮長《りょうちょう》という方から預かりました。住所の変更《へんこう》手続きが間に合わなくてあちらに行ったそうです」

手渡《てわた》された封筒は、すり切れ、汚《よご》れていた。長い旅を経た証拠《しょうこ》だ。重苦しい予感がレイフォンに封筒の文字を見ることをためらわせた。しかし、見てしまう。ツェルニの男子寮住所を記されたその文字は予感の中にあったものではなかった。安堵《あんど》とも失望とも付かない感覚に引かれるようにして裏返す。

そこにあったのは、三人の名だった。

トビエ、ラニエッタ、アンリ。

「明日《あした》に回す気にはなれませんでしたので」

そう言うと、フェリはカップに口を付けて、カーテンに目を向けた。

胸の中を行き過ぎていく激しいものを感じていた。それは嵐《あらし》だった。エアフィルターの外を吹《ふ》き荒《あ》れる強烈《きょうれつ》な風だ。濃《こ》い汚染《おせん》物質を混入した風は、乾《かわ》いた大地を削《けず》って巻き上げた砂でなにもかもを見えなくさせる。

だが、全《すべ》てが去った後に残るのは、透《す》けるような空だ。

喉《のど》の奥が震《ふる》えた。手紙の内容がどんなものか、それは読むまでわからない。だけど、いま、この名を見ることがレイフォンにとってどれだけ意味があることなのか、レイフォン自身にさえもよくわからないほどに内部で激しく荒れ狂うものがある。

その激しさは、レイフォンの心の底に溜《た》まっているものを削り、巻き上げ、そして天高く持ち上げようとしている。

（ああ、もう……）

吐《は》き出してしまえ。

なにもかもだ。

「すいません……」

「気にしてませんから」

いいや、そうではなく。

だけどもう、それに答えたり、勘違《かんちが》いを修正したり、そんなことをする余裕《よゆう》はレイフォンにはなかった。

「フォンフォン……？」

ああ、まだそう呼んでくれるのだ。

書類保管庫のことで、軽蔑《けいべつ》されてしまったのかと思っていた。

でも、もう、いまはとにかく……

「ちょっと、弱音、吐いても良いですか？」

そうだ。

まずやることがあったとすれば、これに違《ちが》いないのだ。

書類保管庫のように積み上げられた、山ほどの片付けないといけないこと。

その中の一つは、間違いなくこれなのだ。

フェリがどんな顔をしていたのか、それさえもわからない。

胃《い》の腑《ふ》、喉の奥につかえているものたちは、レイフォンにそんな余裕は与《あた》えてくれなかった。

ただもう、吐き出すしかなかった。

様々なこと。

そう、様々なことをだ。

辛《つら》かったことも悔《くや》しかったこともみっともなかったことも悲しかったことも、嬉《うれ》しかったことも恥《は》ずかしかったことも照れくさかったことも、全て、全てだ。

レイフォン・アルセイフの人生において認識《にんしき》しているもの、あるいは認識しないままに過ぎ去って、そのためになにかに変じてしまったもの、それら全てを吐き出すための最初の一声を探し、レイフォンは嗚咽《おえつ》した。

05　不穏《ふおん》な人々

見慣れない空間にいることに気付く。

違う。

まだ慣れていないだけだ。もうなんどもこの天井《てんじょう》を見た。この感触《かんしょく》に身を浸《ひた》している。天蓋《てんがい》付きのベッドで目を開け、リーリンは自分の目覚めを受け入れた。

「……ん」

時計を確認し、苦笑《くしょう》する。普段《ふだん》なら朝食を作る時間なのだが、ここではその必要はない。この家、屋敷《やしき》にはリーリンの他《ほか》に食事を作ってくれる人がいて、掃除《そうじ》をしてくれる人がいて、リーリンの身の回りの世話をしてくれる人がいる。

貧乏《びんぼう》だと言いながらも、こんなにも家族ではない人が雇《やと》われている。

それは、ユートノール家が三王家の一つだからというだけではない。現在の当主、ミンス・ユートノールは天剣授受者《てんけん》ではないものの、指揮官級の武芸者として対汚染獣戦《おせんじゅう》では活躍《かつやく》しているのだと、侍女《じじょ》長に教えられた。

一般《いっぱん》人は武芸者の戦いを見ることはできない。だが、普通《ふつう》の人ならば、勇者であり英雄《えいゆう》である武芸者の話題は、音楽や映画の俳優などの雑誌が生み出す話とともに、微妙《びみよう》な比較《ひかく》記号の中で語られていく。前回の戦いでは誰《だれ》が活躍したか、老生体であったならばどの天剣授受者が戦ったか。

リーリンもその話に興味がないわけではないが、積極的に聞きたがっていたわけでもない。結果、ミンスの名前を聞くことはなかった。

「実力はあると思われるのですけどねぇ」

自身も一般人であり、武芸者の実力をはかるのに結果を聞くしかない立場の侍女長が困った顔でため息を吐いたのを思い出し、リーリンは着替《きが》えを終えた。早起きした。だが二度寝《にどね》をする気にもなれない。

それなら、来期からの学校のために予習や復習をすればいい。リーリンはベッドサイドにあった水差しから水を飲むと、机に向かった。

向かいながら、再びミンスのことを考える。

ミンスが話題に上らないのは、やはり王家だからというのもあるのだろう。三王家の中で、ユートノール家を除いた二家が華々《はなばな》しすぎたのだ。女王にして、天剣を含《ふく》んだグレンダン武芸者の中でも最強と謳《うた》われるアルモニス家のアルシェイラ、そして戦死したとはいえロンスマイア家の当主ティグリス。この二人と比較されてしまうミンスは、普通の活躍では評価されない。

かわいそうな人なのだと、リーリンは思った。もちろん、当人にそんなことを思っているなどとは勘《かん》づかれないようにしているが。

しかし、前回の戦いでこのグレンダンは少しずつ、変化を求められてきている。大きなところでいえば、天剣授受者二名の死亡。

デルボネとティグリス。

年齢的《ねんれい》に順調な世代交代とも言えるが、それでも一度の戦闘《せんとう》で天剣授受者が二名も死亡することになるというのは、かつて類を見ないことであり、それだけに衝撃《しょうげき》的な事件ともいえる。

あれほどの激闘《げきとう》でたった二名しか失われずに済んだことが僥倖《ぎょうこう》であるとは、誰も考えない。それほどに天剣授受者の名は、グレンダンの中で特別視されている。

そしてその一人が、三王家の一人、ロンスマイア家のティグリスだった。しかも天剣の座が一つ空くだけではなく、ロンスマイア家の後継者《こうけいしゃ》であったはずのクラリーベルが前回の戦いの後に、ツェルニへと無許可で移動するという椿事《ちんじ》が起こり、ロンスマイア家は現在、後継者問題で揉《も》めている。

ロンスマイア家の問題は、あくまでもその家の問題であり、次の天剣に誰が決まるかには影響《えいきょう》しない。しかしクラリーベルは次代の天剣と期待されていた武芸者であるだけに、その衝撃は大きい。

デルボネの後任は、すぐにエルスマウという人物に決まり、こちらは新たな念威情報網《ねんいじょうほうもう》の構築に成功しつつあるという話で落ち着いている。

天剣の座は二つ空いたままだ。

それが人々をなんとなく不安にさせている。

アルシェイラ時代以前は、二つどころか半数埋《う》まっていたことさえも珍《めずら》しいと言う者もいるが、一度あったものが欠けているという不安は簡単に拭《ぬぐ》えるものではない。

なにより、あんな戦いの後だ。そう感じるのは当然とも言える。

では、誰かに天剣を授《さず》けるのかといえば、女王はいまのところ、次の天剣を決める試合を行う気はなさそうだという。

ここ数日、リーリンはアルシェイラに会っていないから、彼女がいま現在なにを考えているのかはわからない。だが、ユートノールの屋敷に入る前、なんどか大臣がアルシェイラにその話を持ちかけているのを見たが、彼女は全《すべ》てを一蹴《いっしゅう》していた。

形だけの天剣に意味はない。

彼女はなんどもそう言っていた。

天剣を持てば天剣授受者になるのではない。天剣を持つしかないような武芸者が天剣授受者になるのだと。アルシェイラはそう言った。

そして、そんな武芸者はいまはいない、と。

それではどうするのだろうとリーリンは思う。

待つのか？　次にアレが現われるそのときまでに揃《そろ》うことを信じて？

そのことを考えると、リーリンは我知らず、体が震えてしまう。

自分のやるべきことはわかっている。できることはわかっている。だからこそ、迷うことなくここにいる。だが、恐《おそ》ろしさがなくなるわけではない。

グレンダンという名の、運命に立ち向かう最後の獣はいま傷ついている。リーリンはその中の一部分であり、アルシェイラも、天剣授受者たちもそうだ。

そしてその傷は、時間が癒《いや》してくれるのかどうか、はっきりとしない。

それを待つことができるアルシェイラは強いのだろう。あるいはリーリンがいまだ、その獣と一体化できていないというだけの話なのか。

しかしそう考えたところで不安がいますぐなくなるわけではない。本当に、天剣授受者となるものがごく自然に集まるのなら、それが運命ならば、その運命が結実するまで、誰かに天剣を預けてもいいのではないかと思う。

それで誰が安心するのか。リーリンであり、市民だ。

こんど、それをアルシェイラに言ってみようか。そう考えて、しかし躊躇《ちゅうちょ》した。そんな政治に関《かか》わるようなこと、やはりあまり言わない方が良いのかもしれないと思った。

なぜなら……

「……ふう」

教科書に集中できず、リーリンは机から離《はな》れた。外に光が漏《も》れたら屋敷の誰かに気付かれるかもしれないとカーテンも閉めたままだったが、それを開け、テラスに出る。

テラスにいた鳥が驚《おどろ》いて飛び立つような気配。

だが、鳥の姿はない。外はまだわずかに薄暗《うすぐら》く、早朝と呼ぶのさえ、ややためらわれる。

「ああ、待って」

だがリーリンはそれを止めた。

「……は、はい」

答えたのは、テラスの真ん中で、いままさに跳《と》ぼうとしていたかのような格好の青年だった。短髪《たんぱつ》の木訥《ぼくとつ》な雰囲気《ふんいき》の彼は、ぎこちない表情でリーリンを見る。警護がいるとわかっていればいらない気遣《きづか》いをする。だから知られないように警護をしていたはずなのに気付かれた。

青年は、とてもばつの悪い顔をしてこちらを見ている。

リーリンは外の空気を肌《はだ》で感じ、体を震《ふる》わせた。

「寒いでしょ、お茶淹《い》れるから」

「あ、いえ、僕、私は……」

「いいから、入って」

「は、は……」

青年を招じ入れると、リーリンは部屋の隅《すみ》にある簡易湯沸《ゆわ》かし器《き》に水を入れ、お茶の支《し》度《たく》を始めた。侍女たちは用があれば何時《いつ》でも呼んでくれればいいと言ったのだが、なんとか言い負かして、これを部屋に置くことを承知させたのだ。

緊張《きんちょう》してテラスに繋《つな》がる窓の前に立つ青年の名は、エルディン・リーヴェン。リーリンよりもわずかに年上の青年だ。

彼は、簡易湯沸かし器の前に立つリーリンに、恐れながらと弱々しく言った。

「ぼ……私めごときにお気遣い、大変ありがたいのですが、しかし殿下《でんか》をお守りするのが、ぼ、私の仕事でして」

殿下。

いま、リーリンは確かにそう言われた。

それは数日前の出来事だ。

完成した新王宮でアルシェイラがまず行ったのは、自らの後継者の指名だった。

そして、指名されたのがリーリン・ユートノールだったのだ。

彼女は正式にグレンダン第一王位継承《けいしょう》者となったのだ。

「ただの王様候補でしょ。そこまで気を使わなくて良いわよ」

「そ、そんな！」

エルディンの愕然《がくぜん》とした顔を見るのは、これでもう何度目か、リーリンは苦笑を胸の内に隠《かく》してお茶を手渡《てわた》した。

異常なまでにかしこまってそれを受け取るエルディンを横目に、リーリンもお茶を飲む。

砂糖をたっぷりと入れた紅茶。うん、やっぱり糖分を入れないと頭が回らない。

「だって陛下って、わたしより長生きしそうだもの」

「う、あう、あ」

エルディンが絶句する。少し意地悪だったかなと反省しながら紅茶を飲む。寝起《ねお》きにそのまま机に向かっていた体に熱が入っていくのがわかる。

「あ、いえ、しかし……」

エルディンはいまだに煩悶《はんもん》している。リーリンの言葉を否定すれば女王を侮辱《ぶじょく》することになるような気がするし、しかし肯定《こうてい》すればリーリンを軽《かろ》んじているように取られてしまう。そんな苦悩《くのう》が簡単に読み取れてしまう。

（この人、強いのかな？）

リーリンはそんな疑問を浮《う》かべながら、手を上下左右に意味もなく振《ふ》っているエルディンを見物した。

彼を護衛としてあてがったのはミンスだった。

彼の指揮下にいる武芸者であるという。それは少しおかしなことだと思った。

アルモニス家にいる間に、王家やグレンダンの政治のことは一通り勉強した。

王位継承者となったのならば、その護衛は王家亜流《ありゅう》の武芸者を集めたリヴァネス武門の仕事……そのはずなのに、ミンスは彼を連れてきた。

そこにはなにか意味があるのかもしれない。

いや、あるに違《ちが》いない。

それがどんな意味なのか、リーリンはあまり考えたくなかった。

「とにかく、僕は、殿下をお守りするのが仕事なんです。……あっ！」

言い切り、そして新たな失態に気付いた顔をする。

リーリンは笑った。

「いいよ。僕で」

「いえ、しかし……王家の仕事をするのに、僕なんて……」

「無理してもしょうがないよ。叔父《おじ》様はあなたを信頼《しんらい》してわたしの側《そば》に置いてくれているのだから、それで十分」

叔父とはミンスのことだ。

「しかし、先輩《せんぱい》は……」

まだためらうエルディンにリーリンは一気に詰《つ》め寄《よ》ると、その鼻先に指を突《つ》きつけた。

「あなたがいま相手にしているのは叔父様？　先輩という人？　それともわたし？」

「それはもちろん、リーリン・ユートノール殿下です」

即座《そくざ》に直立不動となったエルディンに、リーリンは満足げに頷《うなず》いた。

「それなら、わたしが良いって言ってるんだから、良しということで」

「は……はっ、わかりました！」

気が抜《ぬ》けそうになるエルディンにリーリンは笑いかけると、お茶を淹れた保温ポットを渡《わた》した。

「それじゃあ、残りの仕事時間がんばってください」

「はっ、了解《りょうかい》しました！」

保温ポットを抱《かか》えて畏《かしこ》まった態度を取るエルディンが面白《おもしろ》くて、リーリンは笑った。彼も、自分の滑稽《こっけい》さに苦笑する。

それが気安さを呼んだのか、テラスへと戻《もど》る前に質問が来た。

「しかし殿下は、どうして僕がここにいるときがわかるんですか？」

彼はここにいるばかりではない。あまりリーリンの部屋から離れないようにしながらも、侵入者《しんにゅうしゃ》を警戒《けいかい》して巡回《じゅんかい》している。さっきも、テラスへと戻ったばかりのところをリーリンに声をかけられて慌《あわ》てたのだ。

「殿下は……」

「女の秘密ってことで」

「はぁ……失礼しました」

不可思議な顔をしてテラスに出たエルディンに笑顔《えがお》を送り、リーリンはカーテンを閉めた。

一般《いっぱん》人なのに。エルディンはそう言いたかったのだろう。

だがもう、リーリンは一般人ではないのだ。王位継承者という政治的な意味以上に。

彼女の眼帯に、エルディンはなにも思わないのだろうか？

「……さて、勉強、勉強」

一瞬《いっしゅん》感じたなにかを振り払《はら》い、リーリンは机に戻った。

ああ、本当は、護衛なんて必要ないのに。

そのこともまた思考から振り払い、教科書に視線を落とした。

†

なにかがおかしい。

クラリーベルはそれを感じた。

彼女は自室で家具雑誌を読んでいた。レイフォンの引《ひ》っ越《こ》しパーティのときに言った言葉は本気だった。本気で引っ越そうと思っていた。男子寮《りょう》にいたままであれば、しかたがないと思うしかなかったが、彼がそこから出るのであれば、こんな離れた場所にいる意味はない。

たとえいまはへたれていたとしても、あのままということはないに違いない。強い彼でなければ意味はない。彼が彼自身を取り戻したとき、自分が側にいないというのでは話にならない。

部屋はもう取れている。改装に関しても話を付けてある。あとは工事の終了《しゅうりょう》と引っ越しのタイミングと家具選びだ。

資金には余裕《よゆう》がある。

自分は、腕利《うでき》きの武芸者なのだ。自活を促《うなが》す学園都市だろうと、腕《うで》の良い武芸者には宝石の如《ごと》き価値が存在する。実際、いま手にしている資金は現生徒会長であるカリアンと交渉《こうしょう》して手に入れたツェルニ入学への契約《けいやく》金なのだ。ニーナたちには内緒《ないしょ》にしているが、武芸者という存在はこういう金銭の生み出し方ができる。

だがいまそれは関係ない。

この違和《いわ》感《かん》とは関係のない話だ。

「なんです?」

ベッドに寝転《ねころ》んで雑誌を見ていたクラリーベルは、手にしたそれを投げ出して体を起こした。

ずっと耳鳴りがしているような、そんな不快感がある。

この感覚には覚えがある。

「ああ、つまり、全滅《ぜんめつ》していなかったということですか」

なぜか、そう感じていた。彼らは全滅したと。あの、グレンダンを覆《おお》った化け物を呼び出すために全《すべ》てを使い果たしたと、なぜかそう感じていた。

狼面衆《ろうめんしゅう》。

世界の向こう側に存在する悪意の代弁者、代行人たち。

見たわけでもないのに。

「つまりはわたしも、グレンダンから離《はな》れて少し寝《ね》ぼけていたということでしょうか？」

あのとき、クラリーベルは怪我《けが》でほとんど戦えなかったとはいえ、王宮前の防衛戦には参加していた。見渡《みわた》す限り、都市の光景以外の全てを覆った化け物。吐《は》き出される無限の生物弾《だん》。撃墜《げきつい》に失敗すればそこから生まれる骸骨兵《がいこつ》が都市を蹂躙《じゅうりん》する。

そんな圧迫感《あっぱくかん》の中で戦うのは、幼い頃《ころ》から数多《あまた》の戦場を経験したクラリーベルであっても初めてのことだった。それがただの前哨戦《ぜんしょうせん》と彼女の中に流れる三王家の血が教えてくれていたとしても、彼女の心は一つの圧迫《あっぱく》をくぐり抜けて休息を求めて弛緩《しかん》していた。新たな強さを求めてレイフォンを救い、ツェルニに住み着いてみたのもあるいは個人的な執《しゅう》着《ちゃく》や向上心だけではなく、逃《に》げたのかもしれないといまは思う。

それは許されざる心情だと、クラリーベルは浮かんだ結論を嚙《か》みつぶした。

では、どうする？

もはやなにもしないままグレンダンに戻るわけにはいかない。祖父が死んだのだ。家の継承問題を見捨てて故郷を出たのだ。

天剣《てんけん》授受者になるぐらいの実力を持ち帰らねば、鼻にもかけられない。

それはクラリーベルの矜持《きょうじ》が許さない。

「では……」

クラリーベルは立ち上がった。

行くしかないではないか。

剣帯を摑《つか》む、そこにはグレンダンから持って来たただ一つのものが収められている。

胡蝶炎翅剣《こちょうえんしけん》。

錬金鋼《ダイト》。

武芸者が持つものは、ただそれだけで良いはずだ。

クラリーベルは窓を開けると気配を殺して外に出た。

あの、ずれた空間はできあがっていない。そのことに疑問を覚えながらツェルニの夜景を跳《と》び越えていく。

さて、どこから感じた？

視線を巡《めぐ》らせ、夜のツェルニを見下ろしながら跳んでいく。

感じた。

跳躍《ちょうやく》の進路を変え、そこに向かう。

向かう途中《とちゅう》でクラリーベルは奇妙《きみょう》な符合《ふごう》を感じざるを得なかった。

そこは、レイフォンの引っ越した倉庫区の近辺だった。

そしてまさしく、その建物の前で足を止めてしまった。

「どういうことでしょう？」

レイフォン・アルセイフはこちら側とは関係がない。そのはずだ。ニーナが狼面衆の存在について彼に語ったという話は聞いている。だが、その程度で彼は巻き込まれるのか？

クラリーベルは疑問だった。それならば、グレンダンの戦いでもっと多くの者が狼面衆の姿を見るようになっていてもおかしくないはずだ。

だが、そんなことにはなっていない。

クラリーベルやニーナの知らない要因があれば別だが。

「関係はない。そう考えるのが妥当《だとう》でしょう」

口ではそう言いながらも気配を確認する。レイフォンらしき気配は建物の中にあった。

だが、部屋の中にはレイフォンだけではなくてもう一人いるような気がする。だが、詳《くわ》しく探《さぐ》ろうとすれば、きっと彼に悟《さと》られるに違いない。

普段《ふだん》ならば気になって覗《のぞ》きに行ったかもしれないが、いまはそれを無視した。

それよりも、狼面衆たちはなにをしているのか？

足を止めたのはここだったが、場所は違う。

「もっと奥？　どこに？」

クラリーベルは意識を集中した。

†

そのとき、一人の少女が囲まれていた。

無数の仮面。獣《けもの》を模した、しかし獣になりきれない者たち。

同じ姿をした、鏡像のような者たち。

無限なる者という強みを持ちながら、しかしそれゆえに弱者と堕《だ》してしまった者たち。

しかし無限ゆえに侮《あなど》ることのできない者たち。

狼面衆。

そんな連中が一人の少女を囲んでいることは、奇異《きい》であるのか、あるいは当然の帰結なのか。

少女は無言。

奇怪《きかい》な状況《じょうきょう》の中で、怯《おび》えることも警戒することもなく、その場に立っている。

「なぜか？」

木霊《こだま》のように反響《はんきょう》する声が少女を囲んだ。

「……なぜ、とは、どういうことでしょうか？」

少女は臆《おく》することなく、狼面の者たちに疑問を返した。

「なぜ、お降りになられたのに、なにもなさらぬのか、そのような……」

反響する声は戸惑《とまど》いに満ちていた。戸惑いながら少女の出《い》で立《た》ちを見ていた。

長身の部類には入るが、決して高すぎることのない少女は、やはり奇怪な狼面衆を前にして表情を変化させていない。

そのような姿で。そう言いたかったのだろう。だが、狼面衆は言葉を切った。

少女が着ているのは、制服。

このツェルニの、しかも一般教養科の制服。

そのことに狼面衆は戸惑っている。

「ドゥリンダナはその役目を果たしたというのに」

「肯定《こうてい》します。マザーⅢは任務を完遂《かんすい》しました」

少女は頷《うなず》いた。それは機械的な首肯《しゅこう》のように見えた。彼女の念威繰者《ねんいそうしゃ》よりもなお機械的な話し方の前で、彼らの疑問は無残に砕《くだ》け散《ち》っているかのように見える。

「故《ゆえ》に私はここにいます。そのことになにか不都合が？」

「ではなぜあなたは、目的を完遂しない？」

それは音声として静かであったが、心情としては激しいものがあったかもしれない。

無限なる者であっても、死の痛みは味わう。目的を遂《と》げるために命を狙《ねら》う武芸者に返り討《う》ちにされた者、赤髪《せきはつ》の復讐《ふくしゅう》者に殲滅《せんめつ》された者、復讐者に引きずり込まれた者、様々な者たちに妨害《ぼうがい》され、死の痛みを味わってきた。

それも全《すべ》て、この日のため。

あの、グレンダンを覆ったドゥリンダナの降臨、その後に続く終末の運命のため。彼女が舞《ま》い降《お》りるそのとき、月は墜《お》ち、欺瞞《ぎまん》に満ちたこの世界は崩壊《ほうかい》し、真の世界が開かれる。

死と隣《とな》り合《あ》わせのこの世界から解放されるために狼面衆たちは戦ってきた。

それなのに、どうしてこの人物はこんな場所で、学園都市で学生ごっこに興じるかのような格好をしているのか。

狼面衆は静かに、そして激しく問《と》い詰《つ》めていた。

「目的は完遂いたします」

だが、その激しさは少女には届かない。ガラス細工のような美貌《びぼう》が作り出す鋼鉄の無表情に弾《はじ》かれる。

「ですが、推測するところあなた方の認識している目的と私の目的とには齟齬《そご》があるように見受けられます」

「なにを……」

「私の目的はこの世界の破壊《はかい》ではありますが、それだけではありません」

狼面衆たちが沈黙《ちんもく》する。

次の言葉を待っている。

だがそれを、少女が語ることはなかった。

「ドゥリンダナの通過による穴の拡張。そして私の侵入《しんにゅう》に成功した段階で、あなた方の目的は完遂されたものと判断します。現場の最高位階級が私に移行したものと判断し、命令を下します。待機を」

少女の無慈悲《むじひ》ともとれる単調な言葉に、空気がざわめいた。

「……待機とは、どこに？」

その問いには恐怖《きょうふ》が滲《にじ》んでいた。

しかし、いや、やはりというべきなのか、少女の言葉には容赦《ようしゃ》がない。

「ゼロ領域にて待機を。現在、月と呼称《こしょう》されるアイレイン領域内は単純な閉鎖《へいさ》空間とはいえない状況にあります。兵力の待機空間には向いていません。また、この世界の一部兵力があなた方に対応していると認識しています。故にこの空間での待機も適当であるとはいえません」

「冗談《じょうだん》ではない！」

その瞬間《しゅんかん》、木霊となって響《ひび》いていた狼面衆の声が崩《くず》れた。

それは悲鳴だった。

群体として無限なる者を維持《いじ》していた狼面衆が、この瞬間、個となって悲鳴を上げたのだ。

「あんな、あんな場所になど……」

「心の平安を保てば、ゼロ領域内での不具合は起こりません。自制なさってください」

少女の言葉に、狼面衆は絶句した。

それができるのならば、狼面衆は狼面衆たりえなかっただろう。

ただ一人、強き意志持つ者としていることができるのならば、群体としての平安に溺《おぼ》れ、狼面衆になることはなかっただろう。ニーナとリーリンが学園都市マイアスで出会った学生武芸者のような者たちこそが狼面衆を作り上げているのだから。

だが、それを言い連ねることが狼面衆にはできなかった。

通じない。

この人物には、人間的な弱さを訴《うった》えても通じることはない。

それを悟ってしまったからだ。

なぜならば、この少女は。

「残念ながら、その命令を聞くことはできません」

声が再び木霊となって響く。

この瞬間、狼面衆《ろうめんしゅう》たちは決意した。たとえ、いままでの苦労が全て消え去ろうとも、この少女の命令に従うことはできないと。

それによってこの存在と敵対することになるとしても。

「命令不服従は造反《ぞうはん》と判断します。よろしいですか？」

勧告《かんこく》。その音声に、人間的ななにも含《ふく》まれていないことに狼面衆は再び恐怖に捕《と》らわれた。だが、それに耐《た》えることに成功した。ゼロ領域で待機という、より深い恐怖が、このとき狼面衆を結束させていた。

「しかたありません」

「残念です」

型通りの返答。

同時に、両者が動いた。

狼面衆の手に揃《そろ》いの武器が復元される。

一斉《いっせい》に、取り囲んだ状態から襲《おそ》いかかる。同士討ちを恐《おそ》れない全方位突貫《とっかん》は少女の全身を容赦なく刺突《しとつ》した。

突き刺《つさ》さる。

刃《やいば》が肉に潜《もぐ》り込み、峰《みね》の鋸刃《のこぎりば》がえぐり取る。無数の刃がそれを行い、少女はそれによって哀《あわ》れな肉塊《にっかい》へと変化するはずであった。

そうは、ならない。

少女はそこに立っている。ただ、立っている。

その体には傷一つ生まれることなく、血の一滴《ひとしずく》も零《こぼ》れることなく、その衣装《いしょう》に解《ほつ》れさえも存在しない。

少女はただそこに立っている。

「造反の決定的証拠《しょうこ》と認識。排除《はいじょ》します」

鋼鉄の無表情が呟《つぶや》く。

「ひっ」

狼面の一つが、小さく鋭《するど》く悲鳴を上げた。刃は少女の体に埋《う》もれたまま、だがなんの感触《かんしょく》も手応《てごた》えもない。

勝てない。

瞬時《しゅんじ》に悟った。

勝てない。勝てるわけがない。

逃《に》げる。

間に合わない。

少女は、動いていない。

だが、害は狼面衆に及《およ》ぶ。

「あなた方の肉体を構成するオーロラ粒子《りゅうし》を再変換《へんかん》します。情報はデータ化し、経験値に変換。浸蝕《しんしょく》の恐れのあるものは封印《ふういん》の後、消去」

冷たく、宣言する。

狼面衆たちは震《ふる》えるばかりで、もはやなにもできない。抵抗《ていこう》の余地もなく、できたとしても意味はなく、質量を失っていく。肉体としての厚みが失われることはなく、まるで幻《まぼろし》がその濃度《のうど》を薄《うす》めていくかのように景色を透《す》かすようになり……消えていく。

なにもできないまま、狼面たちは姿を消した。

「…………」

少女以外の存在が全て消え去り、彼女は初めて唇《くちびる》以外の部位を動かした。

上を見る。

そこには夜空があり、月がある。

月が、少女を見下ろしている。

「アイレイン、あなたの献身《けんしん》は私とは違《ちが》うのでしょうか？」

疑問を月に問いかける。だが、月は沈黙を保つ。冴《さ》え冴《ざ》えと冷たい月光はエアフィルター の表面で散り、砂塵《さじん》に乱反射して青い輪を作り上げている。その光景は幻想的《げんそう》ではあったが、少女の表情を溶《と》かすことはない。

月へと変じてもこの世界を、この世界を作ったものを護《まも》ろうとする者。

たとえ対象の心が変じていたとしても、己《おのれ》の使命を貫《つらぬ》くもの。

この二つには大きな隔《へだ》たりがある。そして、この隔たりの意味を知るために、少女はこの姿へと変わって、この地に降りた。ドゥリンダナの犠牲《ぎせい》も、狼面衆たちの造反も、それと比べれば取るに足らない問題に過ぎない。

近づく者を察知して、少女の視線は月からわずかにずれた。

夜から舞い降りたように、その姿は少女のすぐ近くに着地する。

一つにまとめられた長い黒髪《くろかみ》が尾《お》のように跳《は》ねる姿は、少女と同年代に見えた。

「あなた、ここでなにをしていらっしゃるのですか？」

「すこし、散歩を」

「そう……」

少女の答えに、黒髪の少女は落ち着かない様子で呟いた。

「すいませんが、この辺りでなにかおかしなことはありませんでした？」

「いいえ」

少女は頭《かぶり》を振《ふ》る。

「そう、ですか。それならいいんです。お散歩の邪魔《じゃま》をしてすいませんでした」

「いえ、かまいません。もう帰るところですから」

あまりにもあっさりと去っていく黒髪の少女に、しかし気にする様子もなく、狼面衆の影《かげ》すら残らないこの地を少女は後にする。


ツェルニの夜を再び跳《と》びながら、クラリーベルの心はひどく乱れていた。

なんてこと……

どれだけ自分を制しようとしても収まることはない。

「なんてこと、なんてこと……」

なんども呟きながら、ついさっきまでのことを思い出す。あの恐ろしいまでに表情のない少女のことを思い出す。

ほんのわずかな時間の問答。それだけでクラリーベルには十分だった。

「ところで、あなたのお名前は？」

「ヴァティ・レンといいます」

「そうですか、わたしはクラリーベル・ロンスマイアといいます」

「よろしくお願いします」

そう言って頭を下げた、一般《いっぱん》教養科の制服を着た少女を見ただけで、狼面衆のことなどもはや頭に浮《う》かぶこともなく、クラリーベルは自分の寮《りょう》に向けてひたすら跳んでいる。

わかっている。否定はしない。

「なんてこと」

逃げているのだ。

ただそこに立っているだけだった少女を前にして、なにもできないと判断してしまったのだ。

恐ろしいと感じてしまった。

「なんてこと」

ヴァティ・レン？

その名前に、とんでもない違和《いわ》を感じた。

†

クラリーベルの感じたものは、ニーナもまた感じていた。

なにかがおかしい。

ニーナはそのとき、ハーレイといた。彼に頼《たの》まれて廃材《はいざい》置き場から収集したものを運んでいた。

荷台に載《の》せきれないものにヒモをかけ、彼が錬金科から借り受けている共同研究室に運び込むため、持ち上げる。

「これでけっこうお金が浮いた」

そう言って喜ぶハーレイに苦笑《くしょう》を浮かべながら歩いていたときだ。

「……？　どうしたの？」

足を止めたニーナに、ハーレイが振り返った。

「……いや」

おかしな感じがする。だが、それがなにか、ニーナにはわからない。狼面衆との関《かか》わりを持っているといっても、ニーナには経験が少ない。この感覚が正確になにを示すのか、それを理解することができなかった。

自分の胸を押さえて首を傾《かし》げるニーナに、ハーレイも同じような顔をする。

「どこか調子が悪かったりする？」

「いや、そういうことはない」

「そう？　しんどいなら置いといてくれたらいいよ」

「大丈夫《だいじょうぶ》だ。行こう」

ハーレイを促《うなが》し歩き始める。

ニーナの態度に安心したのか、ハーレイが話し始める。内容は引《ひ》っ越《こ》しのことだ。レイフォンの越した部屋をいたく気に入った彼は、本当に契約《けいやく》して個人の研究室を作ると張り切っているのだ。

部屋をどう改装するのか。それを話しているのだろう。だが随所《ずいしょ》に専門用語が混ざるため、ぼんやりしているとなにを言っているのかわからなくなる。そしてニーナはもうハーレイの言葉を聞いていなかった。

意識は別のところに向いている。

気になる。不可思議な動悸《どうき》がしている。それがニーナの心に締《し》め付《つ》けるような感触を与《あた》えた。

なにか、ここでこんなことをしていてはいけないような、そんな気持ちになってしまう。

「……ニーナ？」

「すまん、ハーレイ。後で必ず運ぶ」

「え？　ちょっと……」

幼なじみが止めるのも聞かず、ニーナは背負った荷物をその場に置くと走り出した。

どこへ？

わからない。だが、体は迷わない。頭ではなにもわかっていないのに、体はどこへ行くべきかわかっている。

いや、正確には、行ってはいけないという本能的な危機回避《かいひ》能力が体をそちらへ行かせたがっていない。その気分に逆らってニーナは走っていた。

走れば走るほど、距離《きょり》が近づけば近づくほど、体が萎縮《いしゅく》していくような気がする。動悸が激しくなる。足を止めなければならない気分になる。いますぐハーレイのところに戻《もど》って「なんでもなかった」と笑って、荷物運びを手伝うのが正しいことだと思ってしまいそうになっている。

なにかを無視して、ごまかすなんて、そんなことといままでしたことがないというのに。

なんだ？

なにが起こっている。

わからない。わからないが、なにか、大変なことが起きようとしている。

向かう自分が異様な疲労《ひろう》を感じていることもわかっている。逃げ出したがっている体をむりやりに従わせているからか、ツェルニの夜を駆《か》ける足にいつもより力が入っていないような気がする。跳躍《ちょうやく》の高さが、飛距離《ひきょり》がいつもより下回っている気がする。

おかしい。

どうしてこんなにも、行きたくないのか。

それを確認しに行くのだ。

そう言い聞かせ、ニーナは跳ぶ。

着地した先がレイフォンの引っ越し先に近いことにまず驚《おどろ》いた。だが、もう一つの驚きとなるはずの、クラリーベルが少し前にここにいたということには気付けるはずもなく、ニーナは周囲を見渡《みわた》す。

ここに、なにがあるのか？

指先が剣帯《けんたい》に収まった錬金鋼《ダイト》の位置を確認する。静かな夜の空気がニーナを取り巻いている。もはや夏期帯も過ぎ、肌寒《はだざむ》くなってきたというのに、ニーナは全身に汗《あせ》を掻《か》いていることに気付かざるを得ない。

この程度の距離でここまで汗を掻くなど、普段《ふだん》では考えられないことだ。

「くそっ」

よくわからない状況《じょうきょう》に心まで縮こまりそうになって、ニーナは自らを叱咤《しった》した。

そのとき、なにかに反応してニーナは身構えた。

振り返ったその先から誰《だれ》かがやってくる。

意識を集中させる必要もない。その姿はぽつぽつとある街灯に照らされ、こちらに近づいてくる。ニーナの背後にある、レイフォンの引っ越してきた住む者の少ないアパートに向かっている。

それはごく普通《ふつう》の少女に見えた。一般教養科の制服を着て、夜の中を歩いていてもわかるぐらいにきれいだが、しかしごく普通の少女だ。

だが、ニーナは緊張《きんちょう》を解けない。剣帯にかけた手を離《はな》せない。

胸の内がざわざわとする。

やがてそれが、ニーナの精神だけではなく別のものも反応しているのだとわかった。

（メルニスク？）

（おお、おお……）

心の内でメルニスクが唸《うな》っている。震《ふる》えている。だがそれはニーナのように意味不明の緊張と恐怖《きょうふ》に押《お》し潰《つぶ》されそうになっているのではない。

怒《いか》りで猛《たけ》り狂《くる》おうとしているように感じられた。

少女はまっすぐにこちらに向かってくる。

そして、ニーナの前で足を止めた。

「退《ひ》いていただけませんか？」

少女は、身構えたニーナを前にしても動じることなく、この場に相応《ふさわ》しくない淡々《たんたん》とした声でそう告げた。

「……っ！」

思わず動きそうになった足に、改めて力を入れる。

ニーナが退かなければアパートに入れないというわけではない。それなのに、少女はニーナの前に足を止めた。いや、『退《ど》け』と言ったのではない、『退《ひ》け』と言ったのだ。

それは……やはり……

「お前は、なんだ？」

「あなたが適応した戦力ですね。個体名ニーナ・アントーク。仙鶯《せんおう》都市シュナイバル出身。過去の事件で電子精霊《せいれい》と融合《ゆうごう》。現状数値とはまた別の要因を持つ可能性あり」

「なっ」

ニーナのことを知っている。

「しかし、現状の能力ではあなたが私を殲滅《せんめつ》する可能性はごく低いものと判断します。そして、私は現状であなた方と敵対するつもりはありません。無用の戦闘《せんとう》は好みません。退いていただけませんか？」

「お前は……」

ニーナは壊《こわ》れた玩具《がんぐ》のように同じ言葉しか繰《く》り返せなかった。

「私はヴァティ・レン。来期から学園都市ツェルニに入学する者です」

「そ……」

それだけのはずがない。そう言いたかった。だが、言えなかった。

否定して、それでどうするのだ？

戦うのか、この少女と、ヴァティ・レンと。

彼女をそう呼ぶことに、どうしてだかひどい違和感《いわかん》を覚える。だが、いまはそれどころではない。

いまこの状況を、どうするかだ。

戦うか？　退くか？

退くべきだ。勝てる可能性がまるで見えない。

いや、そんな状況はこれまでもなんどもあったではないか。そのたびに切《き》り抜《ぬ》けてきたではないか。

しかし、こんどは違《ちが》う。

切り抜けられる、切り抜いてやる。

そんな意気込みすら心から湧《わ》いてこない。

(おおう……おお、おおう………)

ニーナの体内でメルニスクが吠《ほ》えている。猛《たけ》っている。だがその怒りに、ニーナはまるで同調できない。廃《はい》貴族である彼を呼び出して、その力を借りる。剣帯に収まった錬金鋼《ダイト》は電子精霊ツェルニの力を凝縮《ぎょうしゅく》したもの。廃貴族の力を借りたニーナの剄《けい》を受け止めても壊れることはない。

しかし、それらを合わせても目の前の少女に勝てる気がしない。

(おお……レヴァンティン)

メルニスクがそう言った。

「レヴァンティン……？」

「その名を、なぜ知っているのですか？」

ヴァティの表情は変化しない。だがその質問に、ニーナの足が動いた。

後ろに。距離を取るために。

逃《に》げた。

いま、ニーナは逃げたのだ。

「くっ……」

「いいでしょう。いまは問いません。しかし、私に対してなにかを企《たくら》むのは、止《や》めておいた方がよろしいでしょう」

ヴァティが動く。

「っ！」

強《こわ》ばった体が震えた。

「…………」

ヴァティは無言。ニーナの横を抜け、アパートの中へと入っていく。

「そのときは、この都市を滅《ほろ》ぼし、次の都市で目的を達するだけです」

「待てっ！　お前は……」

振《ふ》り返《かえ》り、彼女を追いかけようとする。

だが、足は動かなかった。ここに来る以前から、肉体は彼女の前に立つことを拒否《きょひ》していた。もはや心も折れかけ、肉体の、本能の主張を退ける気力はニーナにもなかった。

その目的とは、なんなのか……？

問いを発することさえできず、ニーナは立ち尽《つ》くした。

レイフォンがいるアパートの中に消えていってしまった。

そしてニーナの精神は、廃貴族に引きずられるようにして仮想の世界へと運ばれていく。

†

これは夢だ。

だが、あの日以来、カリアンを浸蝕《しんしょく》し続ける現実でもある。

あの日、グレンダンを怪物《かいぶつ》が覆《おお》ったあの日。

激動の中、カリアンは担当者と修復の進捗《しんちょく》を確かめるために機関部にいた。

呼ばれたと感じたのは、担当者との話が終わり、一人で地上へ戻ろうとしたときだ。

工作機械も入り、いつもより激しく作動音が渦巻《うずま》く中で、それらを優《やさ》しく押しのけるような、鈴《すず》の音。あるいはそれは、ツェルニの呼び声だったのかもしれない。カリアンは時間を切り刻む忙《いそが》しさの中、その音に引かれるように向かう先を変えた。

そして辿《たど》り着《つ》いたのが、機関部中枢《ちゅうすう》。

「私を呼んだのはあなたか？」

やはりという気持ちで巨大《きょだい》な原石のような中枢を見る。その宝石の中には電子精霊がいて、カリアンを優しく見下ろしていた。

「なにか用かね？　しかし、大事なことでなければ後にして、あなたも修復に集中して欲しい……」

しかしそこで言葉を止めた。

止めざるを得なかった。

ツェルニの表情が翳《かげ》る。その変化をどう受け止めて良いのか、物言わぬ彼女の反応を確かめるように目を凝《こ》らし、そして変化に気付いた。

電子精霊の、ではない。

その周囲を覆う巨大な原石に変化があった。

霧《きり》、あるいは濃《こ》い粉塵《ふんじん》が湧いた。そう思った瞬間《しゅんかん》、それはこの場に微《かす》かに存在する気流を無視してカリアンと電子精霊の間に収束すると、瞬《また》く間《ま》に人の形を取った。

人だ。

大人の女性だった。

だがその服装はカリアンの知るようなものではない。もっと機能的で、武芸者の着る戦闘衣によく似ている。

危険を感じるべきときだ。だが、あまりの変化にカリアンはそれを感じることができなかった。

感じたときにはすでに遅《おそ》い。逃げるという選択肢《せんたくし》を採ることなく、カリアンは別の手段を選んだ。

「君は、誰だ？」

「……私の名はレヴァンティン。ナノセルロイド・マザーⅠ・レヴァンティン。ただいま外で戦闘を行っているドゥリンダナの上位指揮権を持つ者です」

「……なぜ、あなたがここに？」

驚《おどろ》きはある。だが、醜態《しゅうたい》をさらしたところで得るものはない。鋼鉄の意志力がカリアンの狼狽《ろうばい》を圧砕《あっさい》し、言葉を紡《つむ》がせる。頭を動かす。

すぐに破壊《はかい》行動に出ないということは、なんらかの意図があってここにいる可能性が強い。なにより、ツェルニの反応は敵襲《てきしゅう》という様子ではない。ならばそこにはなにかがあるはずだ。それを探《さぐ》らなければ。

「宣言させていただけますならば、私は近い将来、この世界を破壊させていただきます」

「なぜ？」

「そうしなければ、私、及《およ》び私の仕える主《あるじ》が自由になれません。この世界そのものが我々を束縛《そくばく》しているのです」

言っている意味がよくわからない。だが、因果関係は理解できる。この世界がレヴァンティンとその主の行動を妨《さまた》げている。故に排除《はいじょ》する。こちらにとってはよい迷惑《めいわく》だが、わからない理由よりははるかにマシなのかもしれない。

「ですがその前に、私にはやるべきことがあります」

「それは？」

「それは……」

「…………」

あのとき、あの女性は、レヴァンティンはなにを言ったのか？

夢から覚める。微動《びどう》だにすることなく目を開けると、そこはマンションの自分の部屋だった。今年は忙しくてこの部屋に戻《もど》る余裕《よゆう》はほとんどなかったが、最近は進んで戻るようにしている。

少しでも妹の顔を見ておこうと、そんな気になった。

時間はない。

カリアンが学園都市にいられる時間もそうだ。妹とともに過ごすことのできる時間もそうだ。

あるいは自分たちが生きていられる時間にしてもそうなのかもしれない。

豊富にある。そう思えば、人はあらゆることに怠惰《たいだ》となるのかもしれない。妹と顔を合わせる時間はいくらでもある。そう思っていた。学園都市を去った後にも数年後には故郷で再び顔を合わせることになる。

そう考えていた。

だが、その時間はないかもしれない。ツェルニの危機と同じように、いまやらねばどうにもならないというものとなるかもしれない。

再び眠《ねむ》れる気がせず、お茶を淹《い》れようと部屋を出る。

居間にはフェリがいた。

「おや、もう起きていたのかい？」

「時計を見ての発言ですか？」

怪訝《けげん》そうな妹の問いに時計を確認《かくにん》すると、ごく当たり前の起床《きしょう》時間だった。

「なるほど、寝《ね》ぼけていたね」

「……疲《つか》れているのですか？」

先日のことを怒《おこ》っているかと思ったが、フェリはごく普通《ふつう》に問いかけてくる。どうやらうまくいっているようだ。

嬉《うれ》しいような、ほろ苦いような不可思議な感覚に苦笑《くしよう》しつつ、夢の残滓《ざんし》を振り払《はら》う。過去は提示された課題だ。そして現在とはそれをこなすための時間。未来とは、描《えが》き抱《いだ》く成功の姿。

「ポットにお茶が残っていますが、淹れますか？」

「お願いしよう。なんなら朝食は、久しぶりに二人で食べに行かないかい？」

「……なにもありませんからね」

キッチンを見てしかたがないという様子で、妹がカリアンのカップを持ってくる。

いまは、この時間を過ごすのだ。

己《おのれ》が抱いた未来の結果の中、残りわずかな現在の時間を。

†

その空間は現実には存在しない。

『縁《えん》』そう呼ばれる。

自律型移動都市同士による不可視の繫《つな》がり。相互《そうご》情報通信網《もう》。その中で、情報化した二つの意思が交感していた。

仮想空間内で映像化された姿が向かい合う。

一つは、淡《あわ》い光を結集して作られたような童女。

そしてもう一つは異形の美しさを持つ半人半鳥。

ツェルニ。

そしてシュナイバル。

向かい合う二人の電子精霊《せいれい》がいる場所に、ニーナはメルニスクとともに放《ほう》り込まれた。

「ここは……」

呟《つぶや》き、すぐに状況《じょうきょう》を察する。

ヴァティ・レン。どうしようもないほどの危機感に襲《おそ》われたあの女、メルニスクが『レヴァンティン』と呼んだあの女、それのために、両者はこの空間で顔を合わせているのだ。

そこに、ニーナは運ばれたのだ。

ニーナが事態に気付いた瞬間、シュナイバルが口を開いた。

「状況はすでに承知しています」

「……………」

「隙《すき》を突《つ》かれた。そういうことですね？」

「……………」

ツェルニは答えない。

「ドゥリンダナの侵攻《しんこう》に目を奪《うば》われ、その隙に侵入《しんにゅう》していたレヴァンティンには気付かなかった。それは妾《わらわ》をはじめ、全《すべ》ての電子精霊の失態です。あなたを責めることはできません」

「…………」

童女の姿をしたツェルニは悲しげに目を伏《ふ》せた。

「そして、あの状況では妾たちにできることはなにもなかった。天剣《てんけん》授受者だけでなく、女王たちもまたドゥリンダナの対応に縛《しば》られていた。この世界ではいかなる力も妾たちという制約に縛られる。これはおそらく、妾たち自律型移動都市の怠慢《たいまん》というべきなのかもしれません」

そう言ったシュナイバルの表情に変化はない。それは機械的であるというのではなく、長い時間の中で培《つちか》ったものが表情を殺していると見るべきだった。

「しかし、報《しら》せることはできたはずです。ツェルニ。あなたはもっとも早くにこの事実に気付いていたはずなのですから」

「…………」

それでもツェルニは沈黙《ちんもく》する。

そのことに、シュナイバルの周囲でわずかな苛立《いらだ》ちが生まれていることにツェルニ自身も気付いていた。

だが、なにも答えない。かつてニーナの聞いた鈴《すず》の鳴るような声は、なんの弁明も紡がない。

「なぜ、報せなかったのです？　これにもまた、あなたは学園都市だからだとでも言うのですか？」

「…………」

「しかしこれは、赤髪《せきはつ》の獣《けもの》や闇《やみ》とはまた違《ちが》う問題です。この世界全体の危機に関《かか》わる問題なのです。学園都市一つの尺度で測ることは許されない。そのことはあなたもわかっているはずです」

「…………」

苛立ちが仮想空間に満たされる。シュナイバルの表情に理解不能を示した不快さが滲《にじ》み出ていた。

その沈黙にどれほどの意味があるのか、シュナイバルは測りかねていた。話せないということではないはずだ。縁で繋がる前に、ツェルニの状態は厳重に精査した。レヴァンテインによるなんらかの工作は見つからなかった。

また、シュナイバルに意思を伝えられないほどに疲弊《ひへい》しているというのであれば、そもそもこういう形で繋がることも不可能のはずだ。

つまり、ツェルニは意図的に、自らの意思で沈黙を守っているのだ。

なんのために？

それは、たとえ全ての電子精霊の母であるシュナイバルにもわからないことであった。

ツェルニはなにを考えているのか。

「なぜ黙《だま》っている！」

そして、この少女にもわからない。

「ツェルニ！」

ニーナの悲痛な問いかけに、しかしツェルニは沈黙でしか応《こた》えない。

「お前が黙って受け入れたというのは本当なのか!?　どうしてだ？　勝てないからか？　お前はわたしに力を与《あた》えてくれた。それはこのためなのか？　ツェルニ、答えてくれ！」

ツェルニは沈黙を続ける。学園都市のためにここまでも熱く心を燃やしてくれるものに対しても、沈黙を保つ。

「どうしてなにも答えてくれない！」

「………………」

「またも……またもわたしは除《の》け者か！」

「…………」

「ツェルニ!?」

ニーナの悲痛な叫《さけ》びが仮想空間を悲しく彩《いろど》る。

彼女の心に、空間が呼応している。

それは、彼女の内部にある電子精霊の因子が正しく成長している証《あかし》でもある。あるいはもしかしたら新しい希望となるやもしれない因子、それが彼女だ。

だが、もはやシュナイバルが講じねばならない問題に、ツェルニという一つの電子精霊、学園都市ツェルニという一つの都市の安否を考慮《こうりょ》に入れねばならない段階は過ぎていた。

決断は即座《そくざ》に下さねばならない。

「いいでしょう」

シュナイバルは決断を下した瞳《ひとみ》で童女を見下ろした。

都市に受け入れた者のために身を削《けず》ることをいとわない、純粋無垢《じゅんすいむく》な献身《けんしん》の電子精霊を見下ろした。

そこにはもはやあらゆる感情が排除《はいじょ》されていた。

「あなたの問題について、もう問うことはしません。しかし、妾たちはこの世界を構築の一端《いったん》を担《にな》う者として、ここにレヴァンティンの排除を決断します」

「…………」

「それを妨《さまた》げるというのであれば、あなたもまた妾たちの敵です」

「…………」

ツェルニは悲しげに目を伏せた。

「よいのですね」

童女は静かに頷《うなず》く。

「ツェルニ、なぜだ!?」

ニーナの悲鳴は、どこにも届かない。

この瞬間《しゅんかん》、学園都市ツェルニは、世界の敵として認識《にんしき》された。

エピローグ──そして向かう人──

放浪《ほうろう》バスがワイヤーにかかり、吊《つ》り上げられる。

外縁部《がいえんぶ》の緩衝材《かんしょうざい》に衝突《しょうとつ》する震動《しんどう》は安堵《あんど》と吐《は》き気《け》を呼び起こす。

「やれやれ、六年前には慣れていたんだがね」

振動《しんどう》で視界を覆《おお》った髪をかき上げ、嘆息《たんそく》した。携帯食料《けいたいしょくりょう》と栄養剤《ざい》ぐらいしか収められていない胃が中身を回転させている。その不快感に血の気が失《う》せた気分になる。

「鈍《にぶ》ったか？　それとも年か？」

揶揄《やゆ》する隣席《りんせき》の顔に、カリアンは苦笑《くしょう》を浮《う》かべた。

「繊細《せんさい》なんだよ、君と違ってね」

「よく言う」

今度こそ、隣席の男は笑う。

男、ヴァンゼの笑い顔に、カリアンは思わず見入った。

「……なんだ、気持ち悪い」

「いや、君は卒業してからよく笑うようになったな、とね」

「それはそうだ。重圧から解放された。笑ってでもいなければやってられるか」

その言葉に矛盾《むじゅん》を見出《みいだ》して、カリアンは席から立ち上がり、自分の荷物を摑《つか》んだ。

二人とも、長旅のための汚《よご》れに強く丈夫《じょうぶ》な服を着ている。

もう、彼らがツェルニの制服を着ることはない。


辿《たど》り着《つ》いたのは、メイテローという都市だった。

「懐《なつ》かしいな。ここで君と会った」

放浪バスから降り、外来者の宿泊所《しゅくはくしょ》へと向かいながらカリアンは呟いた。

「まったく、帰路まで同じ道筋になるとはな。しかしこれでお別れか？」

「そうなるかな？」

「これでお前との腐《くさ》れ縁《えん》も終わりだな」

二人のやり取りには言葉の軽さに隠《かく》されたものがある。二人ともがそれに気付きながら、気付かないふりをして歩いた。

カリアンの頭には卒業式の光景が浮かんだ。

新たに生徒会長となったサミラヤが送辞を述べる。小さな彼女がマイクに向かって堂々と送辞を読み上げる姿には微笑《ほほえ》ましさがあった。

不安を覚えもした。だが放浪バスに乗っている間にそれでいいのだという気分に切《き》り替《か》わった。

「ゴルネオの奴《やつ》もシャンテの復帰で少しはシャキッとするだろうな」

ヴァンゼが呟《つぶや》き、そして苦い顔をした。放浪バスにいる間、一言も次の生徒会のことは話題にしなかったというのに。

「そういう顔をする必要はない。私だって一緒《いっしょ》だよ」

油断したという表情のヴァンゼの肩《かた》を叩《たた》き、カリアンは慰《なぐさ》めた。もちろん、笑《え》みを滲ませて。

ヴァンゼは恨《うら》みがましく睨《にら》み付けてくる。

「まったく、お前の性格の悪さは会ったときからそうだ」

「成長はしたつもりだが、そう簡単に変わりはしないさ。君もそうだ」

「むう……」

「変化と成長は違う。お互《たが》い、成長はしたが変わりはしなかった。そういうことだろう。むしろ、君が変わっていたら、私は武芸科長として君を望まなかったよ」

「お前の口のうまさは変わらない。そういうことか」

「そうさ。そして私は、この口のうまさの使いどころを知った。これが成長だよ」

「やはり、お前は変わっていない」

笑い合いながら宿泊所に向かう。

二人ともが、これで終わりなのだということを確認《かくにん》し合いながら一歩一歩進んでいく。

次の放浪バスを待つ間は時間があるかもしれない。しかしそれは、あまりにも無意味な時間、惰性《だせい》のように思えた。

こうして話すのは、おそらくこれが最後だろう。

お互いに、それは認識していた。

そこにわずかなズレが存在していたとすれば、それは時間に対してだ。

惰性が存在していると思っていたヴァンゼ。

存在しないことを知っているカリアン。

それは、宿泊施設《しゅくはくしせつ》に辿り着いたときにはっきりとする。

「やっと着いたかさ〜。待ちくたびれたぜ」

その声に出迎《でむか》えられ、ヴァンゼは一瞬《いっしゅん》、状況《じょうきょう》の理解ができなかった。

宿泊施設のエントランス。放浪バスから吐き出された人々が手続きと一時の宿を求めて流れ込んでいく。

その流れを無視して立つ一組の男女を、ヴァンゼは信じられない思いで見つめた。

「待たせたようだね。バスの支度《したく》は？」

「できているさ。運転手にお目付役も一緒さ～。見た目通り、あんたはお坊《ぼっ》ちゃんだったんだな」

「その表現は甘んじて受けるとしよう。なにしろ持ち出せる私費だけではここまでの用意はできなかったからね」

呆然《ぼうぜん》とするヴァンゼの隣《となり》で、カリアンが話を進めていく。

「おい」

我に返ったヴァンゼはカリアンに、ツェルニの六年間を過ごした旧友に呼びかけた。

「どういうことだ？」

「やることができた」

「なんだと？」

「しかし、一人でやれることではない。だから護衛を雇《やと》おうと思ってね。しかし私の知っている腕利《うでき》きの傭兵《ようへい》となると、限られてくる」

「だからあいつらか？」

「だから彼らだ」

平然としたカリアンの態度に、ヴァンゼは天を仰《あお》ぎたい気分になった。

「なんだい？」

「おれに声をかけようとは思わなかったのか？」

「君には帰る都市があり、そしてしがらみがある。悪いが同行者に気を使うようなことはしたくなかった。そういう意味でも彼らは適任なんだよ」

「まったく……」

ヴァンゼは今度こそ頭上を仰ぎ見た。

頭の中にいろいろと言葉が浮かぶ。だがヴァンゼはそれら全てを飲み込んだ。

「……そうだな。おれたちはもう、違《ちが》う都市の人間か」

「そう。そして違う道を向かう者同士だ」

「なるほど」

頷くと、ヴァンゼはカリアンの肩を叩いた。その細長い体が、ヴァンゼの大きな手に叩かれて揺《ゆ》れる。

「それじゃあな」

「うむ。それでは、だ」

別れの言葉は交《か》された。

宿泊施設へと流れていく人波に消えていく旧友を見送り、カリアンは改めて新たな同行者に向き直った。

刺青《いれずみ》の彫《ほ》られた右目が彼を見ている。

「それで、一応、依頼《いらい》主から改めて依頼内容を聞いておこうかさ」

「うん、それなんだがね、いささか気恥《きは》ずかしい言葉だが」

そう言いながら、カリアンの顔に照れが含《ふく》まれることはなかった。

「世界平和だ」

宣言すると、彼は歩き出す。

宿泊施設の外へと。

新たな旅路に向かって。

あとがき

第三部スッタァートッ！

というわけで雨木シュウスケです。

十四巻があれな終わりだったんでいきなり明るいノリなんて無理ですが、というか既読の方はおわかりだと思いますが周辺状況がもっとあれになっているんでノー天気とかはさすがに無理ですがそこら辺は短編で。

しかしあれにあれしてあれなことにするのが第三部ではとても重要でもあるので次巻からはあれあれも同時進行であれしていくと思います。

というかあればっかで意味不明すぎる。

ちょっと振り返るに去年までが雨木的にとても激動でした。「あわわわわ〜」な年でした。

一昨年のアニメ化発表の前後から制作のためのいろんなこととかその周辺の諸々とか、

本当にいろいろやってきました。忙しかったけど、別に忙しかったことが嫌なわけではなくて、自分の作品に対して他の作り手さんたちが関わっていくというのが新鮮だったり驚きだったり。雨木と深遊《みゆう》さんと編集さんとの三人四脚でやってたことに、いきなりどばっと人が増えた感じで、そこから生まれてくるものに対してあれやこれやと感じたりしてたわけですよ、ほんと。

漫画とかドラマCDとかアニメとかゲームとか。いろんな媒体《ばいたい》で『レギオス』が出てきてもうなんか「あわわわわ〜」な感じで大混乱もしてました。ぶっちゃけ。

でもまぁ、「あわわわわ〜」してるばっかもあれですし「すげぇ！」とか「むむぅ」とか思ったりしてるだけというわけにもいかない。なにしろこっちは元祖ですよ。本家ですよ。元祖と本家はどっちがどうなんだ？　それはともかく、「負けてられるかぁ！」とキーボードに叩きつけてきたのが、だいたい去年までの雨木です。十四巻はそういう意味でアニメ化から始まったあれこれに対する雨木の集大成でもあったりします。

さて、それで今年、というかこの巻の原稿そのものは去年の間に書いていたんですが、アニメというビッグイベントの終了と十四巻の書き終わりでわりと祭的な熱が去った感じもあり……というかちょろっと脱力気味だったのも事実。

でも、アニメが終わったからって『鋼殻のレギオス』が終わったわけやないやん？

と脳内で囁《ささや》くものがあるのです。○ーストが囁くのです。

それもそうだ！　ていうかレイフォンをあんなにしといて自分だけ終わった感出してんじゃねぇよという話です。

というわけで今度の雨木的な「負けてられるかぁ！」の相手は過去の自分です。

さて……いつまでもまじめげな話をしていると三月に出た「レジェンド～」のあとがきみたいに数日後に悶絶《もんぜつ》すると思うのでこれぐらいにして。

うーん、しかし近況でなんか話すことって特になかったり。宣伝も「レジェンド～」でしたから今回はすることがないんですよね。

となると趣味の話。

ドラクエ？

カードゲームの方ですが。このあとがき書いてるころに新章にバージョンアップしちゃってます。というか、これを書いてる日に初プレイしたわけですが、いやもう前回も三、四回くらいしかプレイしてないから大魔王とかぜんぜん見れてなかったり。前回でオルゴデミーラ、今回でラプソーンが登場したんだったかな？　というか前回から過去のドラクエストーリーを簡単に体験できるモード（レジェンドモード）が追加されて、そっちの方しかできてなくて、しかも満足にできたわけでもなかったり。今日は前回で解放されてたⅡをやってて、今回からやれるⅢの方はまだという。というか一ヶ月もしたらⅣも解放されるから、うん、なんとか時間をみつけてプレイしたいなぁという感じです。

ドラクエⅨもまだやってます。週一ぐらいですが、クエストを落としてちまちまとプレイ。正直、これほどコストパフォーマンスの高いゲームも滅多にないなぁと感心することしきり。

ゲームといえばこの間、友人からメールが来て。

「いまさらだがモンハン（ＰＳＰ）はじめた。一緒にやろうぜ」

「ごめん、チュートリアルで諦《あきら》めた」

「はやすぎるだろ！」

と怒られたんだった。

これもはまればものすごいコストパフォーマンスなんだろうなぁと思ったり。というかどうも自分は食わず嫌いも含めてゲームの好き嫌いが激しいなぁと。歳《とし》かな？　と不安になったりもしたけど、よくよく考えると昔からそうだったなぁ。アクションが嫌いというわけではないんだけど。下手ですけど。最近やったアクションゲームはマリオｗｉｉでその前がＸｂｏｘのスターウォーズかな。そういえばＸｂｏｘ買ったときにデッドライジングとコールオブデューティ4も買ったなぁ。デッドライジングはニコニコ動画のプレイ動画がおもしろくて、あれを再現できない自分に絶望してみたり、コールオブデューティ4は、「うん、迷子になる」と諦めてみたり。もう一歩踏み込めば操作とか感覚とかがもっと慣れてくるはずなんだけどなぁと思うんですがなんともかんとも。

とまぁ、もうすこしでダメスパイラルに落ちそうになってるところで次回予告〜

新しい年度を迎え、学園都市にも新しい風がやってくる。

そんな中でレイフォンは自らと向かい合うが、世界はそれを無視して激動する。世界の敵となったツェルニの前に現われるモノたち。ニーナは自らを押しやる巨大な力を感じることになる。

そしてグレンダンでもまた動きが。

次回、『鋼殻のレギオス16　スプリング・バースト』

お楽しみに。

ツイッターはじめました。たまーに呟《つぶや》きます。ほんとにたまーに。

雨木シュウスケ

富士見ファンタジア文庫

鋼殻《こうかく》のレギオス15

ネクスト・ブルーム

平成22年4月25日　初版発行

著者――雨木《あまぎ》シュウスケ《しゅうすけ》

発行者――山下直久

発行所――富士見書房

〒102-8144

東京都千代田区富士見1-12-14

http://www.fujimishobo.co.jp

電話　営業　03(3238)8702

　　　編集　03(3238)8585

印刷所――旭印刷

製本所――本間製本

ISBN978-4-8291-3510-5 C0193